El libro de Ana

(Novela karenina)

El libro de Ana

Primera edición: junio de 2016

D. R. © 2016, Carmen Boullosa

D. R. © 2016, de la presente edición en castellano para todo el mundo excepto en España:
Penguin Random House Grupo Editorial, S. A. de C. V.
Blvd. Miguel de Cervantes Saavedra núm. 301, 1er piso,
colonia Granada, delegación Miguel Hidalgo, C. P. 11520,
México, D. F.

www.megustaleer.com.mx

D. R. © ilustración de cubierta: Raquel Cané

ISBN: 978-607-314-407-0

Impreso en México – *Printed in Mexico*

El papel utilizado para la impresión de este libro ha sido fabricado a partir de madera procedente
de bosques y plantaciones gestionadas con los más altos estándares ambientales, garantizando
una explotación de los recursos sostenible con el medio ambiente y beneficiosa para las personas.

Penguin
Random House
Grupo Editorial

El libro de Ana
(Novela karenina)
Carmen Boullosa

ALFAGUARA

—Dígame la verdad: ¿por qué se suicidó la mujer de su cuento?

—¡Oh!, habría que preguntárselo a ella.

—Y usted, ¿no lo podría hacer?

—Sería tan imposible como preguntarle algo a la imagen de un sueño.

Felisberto Hernández

En viaje hacia la redención,
la luz no deja de pulsar.
Creo en el amor porque nunca estoy satisfecho.
Es mi salvaje corazón
que llega justo a tiempo.

Gustavo Cerati

Any woman who spent her whole life with Tolstoy certainly deserves a good measure of sympathy.

Susan Jacoby

Ana escribe como un deporte para ejercitar su inteligencia… Lo que escribe es para jóvenes; nadie sabe más de esto que yo, porque yo fui quien enseñó el manuscrito a Vordkief el editor. Se lo llevé a él porque, como es también escritor, puede juzgar… Él me ha dicho que es de primera calidad, un libro notable.

León Tolstoi, Ana Karenina

En que se explica de qué irá este libro:

Tolstoi escribió que Ana Karenina fue autora de un libro "de primera calidad... notable". Vordkief, el editor, lo quiso publicar (así atestigua Levin el día en que conoce a Karenina), ella no se lo cede, considera que es sólo un borrador, algo en su relato la deja insatisfecha.

Después de este pasaje, Tolstoi no vuelve a dar cuenta del manuscrito; omite contarnos que la Karenina lo retoma; en sus escasas mañanas de ánimo calmo, empieza por hacerle correcciones insignificantes, termina por reescribirlo de principio a fin, a cualquier hora, hasta convertir al manuscrito en un colaborador de sus noches de opio.

Ana dejó, pues, dos libros, el que conocieron sus contemporáneos y el que fuera su compañero hasta el final —la noche anterior a su caída escribió aún algunas palabras.

Aquí el recuento de cómo salieron del olvido los folios de la Karenina, en 1905, en San Petersburgo. El relato es minucioso donde se tienen informes. Inserto en él, se reproduce el segundo manuscrito de Ana, en una versión apegada al original. La transcripción no altera las decisiones de Ana, aunque por su naturaleza de libro en proceso hayan sido muchas las tentaciones de precisar, limar o borrar.

El destino de Karenina traía grabado el suicidio. Los rieles del tren fueron para ella el alfabeto que deletreó su muerte violenta. Pero las líneas en las palmas de Karenina no previeron el contenido de sus folios. Tampoco decían que un miembro de su familia los encontraría en los albores de la primera Revolución rusa. Aquí lo imprevisto por el destino de Ana:

Índice

**Primera parte
(San Petersburgo, 1905.
Enero, sábado 8)**

Segunda parte
El Domingo Sangriento
(9 de enero)

Tercera parte
(El retrato de Karenina,
y tres meses después)

Cuarta parte
(Sin lugar o fecha)

Quinta parte
(San Petersburgo, junio de 1905)

Primera parte
(San Petersburgo, 1905.
Enero, sábado 8)

1. La carrera de Clementine, la anarquista

A tiro de piedra de la majestuosa avenida Proyecto Nevski, la bella Clementine, envuelta en una capa que en la carrera ha resbalado hacia sus espaldas dejando descubierta una línea del color rosa de su vestido y algo que lleva en brazos, advierte a un gendarme vigilante. Disminuye al acercársele su presurosa marcha, cambia de actitud, susurra un arrullo, "sh-sh-sh-sh". El uniformado la escucha, no desvía la mirada hacia ella, son demasiadas las miserables que deambulan cargando críos; para él, ésas no tienen la menor importancia; le han dado órdenes, debe estar alerta, esto no incluye fisgonear famélicas.

Clementine lleva la cabeza cubierta por una prenda cortada y cosida también por sus manos que le protege el cuello y se enlaza con su graciosa capa de retazos de diferentes pieles. Se detiene frente a un cartel mal reproducido, las imprentas se han sumado a la huelga: "Queda prohibido agruparse en las calles con fines ajenos al orden de la ciudadanía, so pena de muerte".

Reinicia su marcha, de nuevo veloz, se dice en silencio, "¡Acaban de pegar ese afiche!".

Y repite sin parar, "¡esto no pinta nada bien!, ¡nada bien!", , con la frase aviva el paso.

Llega a la caseta del tranvía que corre sobre los rieles que reposan en el congelado río Neva. Pide su boleto, ida y vuelta.

—Es la última corrida del día, señora, va y regresa de inmediato.

Clementine duda.

—No tengo su tiempo, señora. ¿Ida y vuelta?

—¿Puedo usar el billete después?

—¡Por supuesto!

—¿Menor costo por viaje si compro ida y vuelta?

—¿Para qué pregunta si ya lo sabe?

—Deme los dos.

Clementine recorre el embarcadero repitiendo el "sh-sh-sh" del arrullo, entrega al jovencito que custodia la puerta del tranvía la mitad de su boleto, sube y ocupa el asiento del fondo a la derecha. El operador (y despachador de boletos) aborda el último. El jovencito que custodiara la puerta grita al operador, "¡Lo veo mañana!". El tranvía echa a andar.

Cruzan al otro lado del Neva y se detienen en la boca de un afluente del río, en el embarcadero Alejandro. Los pasajeros descienden, excepto Clementine. El operador le lanza una mirada de reojo, impaciente. Como Clementine no se mueve del asiento, la voltea a ver de frente, los brazos en jarras. Sin levantarse de su asiento, Clementine, arrebujada en su capa, dice:

—No bajo. Olvidé algo, tengo que volver.

—¡Mujeres! —masculla el operador—. Señora, ¡los tiempos no están para desperdiciar monedas! ¡Menos aún para gente como usted; qué modo de perder dinero…! ¡Piense en su niño, señora!

Clementine asiente con expresión apesadumbrada.

—Tiene usted toda la razón.

El operador le repite:

—Se lo dije, hoy no hay más corridas, es la última del día.

—¿Qué más puedo hacer? Debo regresar. ¡Tenga, mi regreso! —Clementine hace el gesto de levantarse del asiento para entregar su pasaje. El operador le hace una seña negativa con las dos manos.

—No me dé nada. Hagamos de cuenta que no vuelve. Pero no se baje…

—No me iba a bajar.

—Ya no abra la boca, señora; no diga nada más, no vaya a ser me enoje. Quédese ahí.

Farfullando quién sabe qué entre dientes, el hombre se acomoda el cuello del abrigo y desciende del rústico tranvía para trabajadores. Cierra tras él la puerta.

Clementine se reacomoda en el asiento. La recorren pellizcos de nerviosismo, se los sacude agitando la cabeza. Bajo su capa, extrae del bulto que lleva en sus brazos —al que ha cargado como si fuera su niño— una bomba casera. La desliza cuidadosa, acariciando con ella su tronco, su cadera, su pierna derecha, y la acomoda con cuidado bajo su asiento, sujetándola entre sus pies; se queda con el torso inclinado, para dejar la bomba escondida por su capa.

El operador abre la puerta del tranvía y desde el pie del vano revisa los boletos de los pasajeros que van entrando uno a uno hasta llenar el pequeño tranvía. Emprende la marcha.

Regresan hacia el embarcadero de la ribera sur. Apenas llegar, los pasajeros se apresuran a salir. Sin moverse de su asiento, Clementine se inclina aún más. Bajo su capa, manipula la bomba con las dos manos, tira con la derecha del detonador y la empuja hacia la esquina del fondo del tranvía. Se levanta, reacomoda su capa, pretende abrazar lo que le queda del falso niño y desciende la última de los pasajeros. El operador cierra la puerta del tranvía y, caminando más rápido que ella, deja atrás el embarcadero y se enfila hacia el este.

El viento sopla brutal, cargado de punzantes briznas de nieve. Clementine camina hacia el oeste, cada paso más largo que el anterior. Conforme va alejándose del embarcadero, su expresión cambia, de la satisfacción pícara pasa a las ansias de huir. Avanza haciendo un esfuerzo por no girar la cabeza, el oído alerta. Su semblante continúa modificándose, de la tensión al miedo, del miedo a la excitación, a la impaciencia, a la desilusión, al enojo. Masculla:

—¡Nada! ¡No estalló! Qué idiotas somos, ¡incompetentes! ¡Tenía que estallar en un minuto, ya pasó de…!

No termina de decirse la frase por el miedo filoso. Sube el bulto que lleva en brazos (el falso niño) hacia su cuello, enreda la capa en su torso. Sigue caminando. Proveniente del embarcadero, se escucha un ruidillo. Similar a la flatulencia de un viejo —larga, calma, manifestación resignada de malfuncionamiento—, es un estallido ridículo, nada parecido al clamor de la pólvora que Clementine esperara oír y que debiera haber volado en astillas tranvía y embarcadero, roto los rieles, fracturado el helado Neva. Nadie correrá a ver de qué se trata.

Un largo minuto después, se escucha algo que no alcanza el nombre de diminuto-estallido, como si cayera una muñeca de tela de un anaquel. Clementine, la expresión desencajada, da largos, apresurados trancos, deja la cercanía del río. Ve de reojo el cartel que le llamó la atención, el que alude a las manifestaciones. Encuentra otra vez al gendarme que la oyera arrullar al falso niño, finge otra vez el arrullo "sh-sh-sh" al pasar a su lado. Se contiene, no echa a correr. Seis pasos adelante, desmadeja el "sh-sh-sh" en una canción de Shevshenko. Calla. Piensa: "¡Esa bomba no servirá sino para hundirme a mí!", y apresura aún más su marcha.

2. Claudia y Sergio

Claudia entra al comedor con cortos pasos rápidos, sacudiéndose la falda con la mano. Mientras camina, su sonriente mirada va de un rincón a otro, de un mueble y un objeto a otros, sin detenerse, juguetona. La que se fija en un punto es Claudia. Asienta unos instantes los ojos en Sergio y dice:

—¿Por qué tanto alboroto?

En la casa se respira, igual que en su mirar, alegría. El comedor, arreglado y ordenado con esmero —como el resto del edificio—, es sobre todo acogedor. Sergio está sentado en una silla frente a la mesa, la expresión atribulada, los gestos tensos, en alerta. Responde a la mirada dulce de Claudia casi saltando felino de su asiento, y da muestras de enfado en su áspero silencio.

—¡Ya, ya! —dice Claudia, tranquilizándolo—. Lo que es, es, y lo que fue, fue; como dice la gente, ¡a otra cosa, mariposa!

Advierte que en su falda se marcó una línea de harina que intenta borrar sacudiéndola, por ello termina hablando de dientes para afuera:

—Saldremos de aquí a las siete en punto, tiempo exacto.

Sergio no escucha sino el principio de la primera frase de su mujer. "¿Que qué me preocupa?" La frase rebota en su cabeza, "me preocupa, me preocupa". Deja las palabras ir y venir tres, cuatro veces, y responde airado:

—Claudine, no pareces entender: no es que "me preocupe". ¡Por Dios! Sólo toma en cuenta un detalle: el escándalo. ¡El escándalo! Me va a ser intolerable. Pero no puedo negarme... la petición viene del escritorio del Zar... Ya me estoy viendo, encadenado, en las islas de Solovkí... ¡Prefiero los grilletes al escándalo!

—¡Las islas Solovkí! ¡Qué ocurrencia! No vivimos en los tiempos de Iván el Terrible.

—¡Son peores para mí! ¡Me espera el oprobio, el...!

—Sergio, cálmate, Sergio, Sergio...

—¡Peores!

—Vestidos de gala, saldremos a las siete y diez, exacto, como ingleses —no le importa cambiar la hora, y aprovecha que Sergio está en otra.

—¡El escándalo! No puedo enfadar al Zar... si acepto, ¡el escándalo! No lo tolero.

—¿Cuál escándalo? Comportarse como ingleses no es para escándalo. Sí, pues, Afganistán... —interrumpe la parrafada que pensara decir a Sergio porque cae en la cuenta de lo que él acaba de decir—. ¿Enfadar tú al Zar?, ¿por qué se va a enojar contigo? —alcanza a tragarse la conclusión, sabe que haría estallar a su marido, y cierra los ojos para que no la traicionen: "¡Ni pienses que puedes negarte!"

—¿Imitar ingleses? ¿De qué estás hablando, Claudine? ¿No puedes concederme más de dos minutos de tu atención?

—Sergio de mis amores —con fingida paciencia, Claudia responde, la voz apenas audible que pone a Sergio los pelos de punta.

—No empieces con tus "demisamores". ¡No me demisamores a mí! ¡No! —está enfurecido. Sólo con su mujer tiene estos arranques que no llegan a ser de cólera.

—No sé qué hacer contigo, Sergio, Sergio, Sergio —Claudia lo cubre con el manto de su mirada, que él no percibe porque clava la propia en la ventana; respira hondo, quiere calmarse. No ve nada, comido por su propia furia. Claudia dirige los ojos hacia donde calcula está observando su marido, encuentran la ventana, la brillantez de la nieve cayendo, pequeños diamantes—. Sergio, Sergio —sigue repitiendo el nombre sin prestarle ninguna atención, gozando del deslumbre silencioso de los copos.

Antes de que ella termine su rosario de Sergios, él musita, la quijada comprimida y los puños cerrados, la voz aún ahogada por el enojo:

—No es "conmigo" el problema... ¿No te das cuenta? ¿No te das cuenta? —y añade, como para sí: —No lo ves porque tienes la cabeza dura, o por insensible. ¡Como ingleses!, ¡venir con eso!, ¡es el colmo!

Claudia no escucha sus calificativos. El gozo de la luz refractada en la nieve la recorre como una descarga eléctrica, intensa, rápida, algo incómoda también porque no es momento oportuno.

En menos de lo que lleva describir su reacción, Claudia ya en un asunto diferente, ligera se desliza a la habitación vecina: sabe que debe retornar a la cocina.

La levadura que tenía tropecientos años en su familia presenta una anomalía, un cambio de color que ha causado alarma a la cocinera, Lantur —a saber de dónde saldría su apodo—. Lantur había mostrado la charola de la masa del pan a la "Niña Claudia", mientras que con las manos llenas de harina gesticulaba explicándole el asunto, de ahí había salido el rayón en el vestido. Lantur confiaba que Claudia contestara con su reacción natural, descartara toda preocupación, dijera "no es nada, Lantur, nada, ¡a lo tuyo!". Pero, en lugar de esto, la expresión de Claudia cambió al examinar la masa, y aunque intentó reponerse ("Voy a darle una vuelta a Sergio, ahora vengo"), al salir tan apresurada como había llegado, dejó claro que el asunto no pintaba nada bien, "estábamos en problemas".

Claudia regresa a la cocina. La cocinera, atribulada con lo que ocurre —celosa de su deber—, continúa varada donde Claudia la dejó, cambia la charola de la masa de una mano a la otra. Claudia palpa la masa con los dos índices. Lo peor es al tacto: "sin duda mal" pero, como tiene a Sergio hecho un basilisco en la habitación vecina, despacha a la cocinera, "Ya veremos, Lantur, haz el pan como siempre, esperemos hornee bien", y regresa sobre sus pasos, involuntariamente diciendo en voz alta:

—¿Se estará acabando el mundo?

—No se está acabando nada —contesta Sergio, irritado—. Apenas comienza el lío. No sé cómo sortearlo… Ayúdame a pensar, Claudine… ¡Por Dios!, ¡estate quieta!

Claudia lo mira de frente. Detiene su mirada en él —las dos manos apoyadas en su pecho, las palmas al frente, sus índices aún sintiendo la anómala textura de la masa, extendiéndolos para no mancharse la ropa con ello— y, al caer en cuenta de la posición de sus dedos, extiende los brazos sin cambiar el gesto de las manos, se las acerca a Sergio y le dice, juguetona:

—¡Ole!, ¡torero! ¡Ole! ¡Mi cuerno aquí, aquí!

De niña había ido a una corrida de toros en un viaje de los muchos en que acompañó a su padre, el Embajador —un hombre de sangre ligera y despreocupado, que supiera disfrutarlo todo y que se ufanara de su intensa vida diplomática, diciendo "Mi mujer y yo no recordamos con claridad dónde nacieron nuestros hijos, cada uno en un lugar distinto". Era verdad, su mamá confundía partos y embarazos, y para él todo era la misma fiesta. Eran once hermanos nacidos en once ciudades distintas, en la memoria de sus papás no siempre en distintos años o lugares, ni con distinto nombre.

Claudia es la octava hija. Ella y sus hermanos llevan el nombre acorde con el país de nacimiento, "Para ayudarme a la memoria —decía su mamá—, pero ni así". Diez varones y una mujer, ella, la niña Claudia, que nació en España.

Sergio ve a su mujer jugando a embestirlo y su broma le sabe a ataque, porque está en lo suyo, "Me han hundido; no voy a encontrar cómo salir del embrollo. Esto es el fin. Soy un muerto. No puedo soportarlo".

—Escúchame bien, Sergio. Leo lo que pasa por tu cabeza, ¡qué cara pones!, ¡parece que estás peleando en el Japón y que has perdido a tus hombres! Cambia esa expresión. Te hundes en un vaso de agua. Hasta que regresemos del teatro, no vamos a hablar del correo del Zar. Porque quiero, quiero, *quiero* ir al Concierto de Año Nuevo. Y lo quiero por ti: tienes días deseándolo. ¡Ya! ¿Te queda claro? Volviendo a casa, pensamos qué responder y qué hacer. Por el momento, déjalo ir; piensa en algo más… Deja de atormentarte. Basta.

—No hay nada qué pensar, Claudine, estoy perdido… ¡Llamar "un vaso de agua" al Zar!

—¡Ya, ya! —dulce, paciente Claudia— ¡Respira hondo!

En Claudia está impreso el sol de Sevilla, su ciudad natal. Su mamá dio a luz a mediodía, en esa ciudad. Entre un paso y otro, sobrevino el retortijón intenso; antes de siquiera ponerse en cuclillas apareció la niña; la propia parturienta detuvo a la criatura con sus manos para que no golpeara el suelo. El cortejo que acompañaba al matrimonio rodeó a la esposa del Embajador, pero aunque ella no requería ni sentarse (podría haber llegado caminando adonde hubiera que ir), no la dejaron dar ni un paso.

—¡Si estoy muy bien! ¡No pasa nada!

—¡No hace ninguna falta! —repetía el Embajador, sin sentir preocupación, pudor o vergüenza. Así le nacían los hijos a su mujer, a lo sumo se podría reprochar un mero error de cálculo. Lo enorgullecía su fertilidad gustosa. Feliz con su nueva niña (su primera mujercita), al ponérsela en brazos casi a gritos dijo en español: "¡Vivo Sevilla!, ¡viva Sevillo!, ¡vivo Sevillo!", confundiendo femeninos y masculinos, su conocimiento del castellano era precario y estaba conmovido hasta las lágrimas.

Cargaron a la parturienta en vilo al palacio en que los alojaran —el Palacio de las Dueñas, el de los Duques de Alba—, donde un médico llegó a atenderla.

La ciudad se hizo voces del parto público, la pródiga madre y la reacción jubilosa del Embajador. Todas las mujeres de buena familia llevaron regalos a la Embajadora y la niña, y algunas la fueron a visitar al palacio, sin respetar la cuarentena. Los primeros días de la vida de Claudia fueron una fiesta continua. Los músicos de la ciudad cantaban en la puerta de Palacio (notable aquella Teresa, que tenía voz de ángel). Los hombres acudían al salón a compartir con el Señor Embajador ruso su perpetua fiesta —celebraba con vodkas la llegada de "mi hija de Sevilla"—. Cuentan que a las veinte horas del nacimiento, su mamá intentó bailar una sevillana —y decían "intentó" porque la bailaba muy mal, pero de que la bailó, la bailó, y completa—. Así fue como Claudia conoció la luz, el huerto claro, la fuente y el limonero, bañada por el cielo sevillano.

Sergio nació en el palacio Karenin, en Petersburgo, en el más completo sigilo, como si llegar al mundo fuese un asunto vergonzoso. Desconocemos los detalles precisos. Es un hecho que los dos partos de su madre distaron de ser sencillos o indoloros. En el segundo contrae una fiebre, agoniza (ha quedado escrito), y si tuvo virtud es que congregó a personas irreconciliables cuando parecía celebraban su anticipado funeral.

En el primer parto —el de Sergio—, no contrajo fiebre, la ansiedad y el dolor ocuparon enteramente la experiencia. Es posible que el parto haya ocurrido a la media noche, que no nevara, no lloviera, no hubiera viento. Que el frío cortara la piel. Ninguna de sus dos abuelas estaba ahí; la única compañía, además del doctor, fue Marya Efimovna, la mujer madura que acababa de entrar al servicio de Ana, la habían contratado para hacerse cargo del recién nacido.

El hermano de su mamá tardó más de cuarenta días en llegar al palacio, y de la familia del padre no recibieron una sola visita.

3. Clementine se resguarda

Desmoralizada por el malhadado estallar de su bomba, abrazando a su adelgazado hijo falso, Clementine camina, observa el movimiento en las calles, ve los masivos preparativos militares hechos sin fanfarria alguna, con la mayor posible discreción.

Debe retomar el plan original, y regresa hacia Proyecto Nevski. Recupera su sangre fría. "No importa; no importa; habrá otras... ¡socialismo y anarquía!; ¡el gobierno es nuestro enemigo!". Ya en la Proyecto Nevski, en una esquina donde se encuentra un magazine de ropa, Clementine se detiene frente a la entrada para empleados. La puerta se abre dos pequeños escalones abajo del nivel de la calle. Acerca la mano al marco de la puerta, en la ceja superior hurga con los dedos, encuentra la llave. Gira la cerradura, regresa la llave a su escondite.

Apenas trasponer la puerta, deja en el piso el bulto con el que venía fingiendo un crío y lo patea, deshaciendo su forma. Se derraman tiras de tela desgarrada. Toma una lámpara de aceite y la enciende. Recoge los retazos de tela del piso y los enrolla en un brazo. Se descubre cabeza y cuello, la tupida cabellera sobresale, salvaje, y la va agitando conforme recorre el oscuro pasillo que desemboca en la parte de atrás del comercio. Clementine deposita el bulto de tiras de tela en una mesa y se vuelve a envolver en su capa mientras habla para sí misma:

—Hace frío.

En el amplio taller de costura, nadie se está quemando las pestañas frente a las máquinas de coser. Aquí trabajó Clementine, fue por años sostén de su familia —mantuvo a la abuela y a sus hermanos hasta que murieron, la primera de vieja, los menores de influenza, su mamá cayó en otra epidemia cuando ella tenía cinco—. Es de profesión costurera (y una de las mejores de Petersburgo), de corazón activista, su situación desempleada, la "liberaron" del taller por haber participado en una huelga, la confinaron al encierro, aunque por corto tiempo, porque viéndola bella y mujer no mesuraron el papel que había jugado en organizar a los trabajadores, desoyeron al único informante que lo sabía, convencidos de que él se las brindaba para esconder al pez grande. Clementine es el pez grande. Es cauta y furiosa como sólo sabe serlo una ballena. Ahora es una radical, pero en aquel entonces su intención era mover a los enriquecidos a la caridad, pedía piedad para los pobres y un trato digno para las trabajadoras; la experiencia le enseñó que su fe era absurda. Dejó la aguja por la espada, y esto es un decir porque cambió el hilo y las tijeras por bombas caseras.

El taller está a oscuras, excepto por su lámpara y la tímida bujía que brilla en la esquina izquierda, al fondo. Clementine repite en voz alta:

—Hace mucho frío. ¿Cómo pueden coser en este frío, los dedos ateridos...? ¡Qué frío! —empieza a acomodarse el cabello para cubrírselo de nuevo—. Aquí sentadas, sin luz natural, el aire húmedo... ¿cómo lo soportan?

De la oscuridad, le contesta una voz muy varonil, de modulación limpia, educada:

—Once horas y media al día.

—¿Qué haces aquí, Vladimir? —Clementine sorprendida— ¿No me prometiste que ya no usarías la ganzúa?

—Tenía que entrar... Once horas y media al día.

—Sin interrupción... —contesta Clementine al tiempo que cambia su cara, llenándose de otra luz (porque luz siempre tiene), bañándosele de una especie de alegría—. Once horas y media su jornada.

—Comparadas con las catorce que trabajaban hace un par de año, les parece pan comido.

—¿En el frío, sin una ventana, sin baño, sin permiso de poner un pie afuera... con tan poca luz que los ojos se van apagando? ¿Eso es "pan comido"? No. La resignación es indigna. ¡No les des ideas! ¡Sólo hay una solución: Revolución! ¡Una solución: Revolución! ¡Una solución...!

—Once horas y media son casi tres menos. Acéptalo.

—¡Revolución! Además, les cuentan las piezas y ellas terminan siempre trabajando más tiempo. ¡Ni Dios, ni amo!

—Si están forzadas al cuerpo frío, por lo menos tener la cabeza caliente…

—Ya no me provoques. Antier que pasé al taller, decían "El domingo iremos a la manifestación. Con el Padre Gapón", "Llevaremos retratos del Zar, y estandartes que cosimos, es nuestro padrecito, nos oirá". Y el Padre Gapón para arriba y para abajo, le tienen fe ciega, es su Flautista de Hamelin… Cuando me abrazaron para despedirse, yo tenía ganas de arañarles la cara por estúpidas. Les repetí varias veces: "¡La única iglesia que ilumina es la incendiada!".

—¿Cómo? ¿Les dijiste esa consigna? ¡Ya me imagino sus caras!

—También les dije: "Mejor morir de pie que vivir de rodillas". Y les dije…

Clementine deja de hablar, tiene otra vez el gesto de preocupación ansiosa, se calza la prenda de su cabeza.

Desde la oscuridad, atrás de la única bujía vuelve a hablarle la voz, ahora con tono de súplica:

—¡No, Clementine! ¡No te cubras el cabello!

El que le habla deja la esquina donde se resguarda y camina hacia ella. Es muy joven, pálido y delgado, vestido con pulcritud. Por la ropa, por su voz, resulta difícil saber su profesión. ¿Trabaja en el servicio doméstico, es empleado de Palacio o de otra oficina de gobierno, y si es así de qué rango? Trae el abrigo abierto; se estremece como una hoja de árbol en el otoño. La ropa es buena, pero el ojo entrenado reconocerá en ella que no fue hecha a la medida, es de tan buen material que sospechará sea de segunda mano. Tiene manos delicadas, no son las de alguien acostumbrado a picar piedra, en ellas está escrito el oficio que aprendió de niño, dedos de relojero. Su fragilidad encendida le da entereza por la vía de la ternura.

Clementine se descubre la cabeza y lo abraza.

—Clementine, fui a Tsárskoye Seló a llevarle una carta al Zar, me lo pidió el Padre Gapón.

Clementine lo suelta.

—¿A Tsárskoye Seló? ¡Qué ocurrencia!

—Se negó a recibir el correo. Arrestaron a los dos que me acompañaban. Me dejaron ir para que le quedara claro al Pope que el Zar no tiene el más mínimo interés en oírlo, para que alguien de su confianza se lo dijera con todas sus letras.

Silencio. Clementine se talla los ojos, hace el gesto negando con la cara, con un dejo de impaciencia.

—No debiste ir tras el Zar a Tsárskoye Seló, ¡qué locura!, ¿para qué meter la cabeza en la boca del que sabemos es un león? ¡Padrecito le llaman, al tirano…! ¡Están perdidos…! ¿Cómo que fuiste…? ¡Absurdo…! Me alivia saber que estás bien, y que estás aquí.

—El Zar no nos quiso recibir el correo.

—Ya, ya, ya oí; no necesito me expliques, Vladimir, eso era lo previsible. ¿Un mensaje para conminarlo a venir a San Petersburgo mañana y recibir la plegaria de sus "hijos"? ¡Era imposible lo recibiera! Fue una estupidez gaponista más… Pero ya dejémos eso, estás aquí y estás bien.

Vladimir siente vergüenza de su propia inocencia, y el color de su tez lo delata. Colorado como una fresa, busca un tema de conversación que él cree inofensivo:

—¿Pero por qué no hay nadie aquí hoy?, ¿qué está pasando? ¿Dónde están las demás costureras? ¿Y los niños que tiran del hilo de los encajes? ¿Ya van a cerrar el taller?

—Órdenes de la policía, Vladimir. No quieren a los trabajadores concentrados en esta área durante este fin de semana. Obligaron a todos los talleres del área de Nevski a cerrar. Por mí, mejor: tal vez me habrían tomado presa, me hubieran identificado y habrían venido al taller con represalias para mis excompañeras. Aunque no tuviera su complicidad, ellas habrían sido víctimas… ¡Y habrían dado contigo aquí…! Yo no me lo perdonaría… Jamás me imaginé que usaras otra vez la ganzúa para entrar, ya habíamos quedado que…

—Olvida la estúpida ganzúa. Explícame, estoy perdido. ¿Esto quiere decir…?

—Sí, Vladimir. Hoy fue mi misión. ¡Propaganda por el acto!

—¿Hoy?

—Lo que ni imaginé es lo que pasó: planté una bomba inútil... ¡Una bomba huera! ¡No estalló! ¡Apenas hizo un ruidillo! Como si no tuviera explosivo... ¡Qué fracaso!

Clementine lo vuelve a abrazar, temblando.

—Cálmate, Clementine. Piensa lo bueno: nadie murió. Cálmate.

—Te abrazo porque te quiero abrazar...

Clementine recobra la compostura.

—Ya pasó.

—No del todo. Fracasé, y no por mi culpa. Dejé la bomba antes de lo que tramamos porque suspendieron el servicio del tranvía. Son detalles, no interesan... El caso es que no sirvió la inútil bomba. ¡Si la hubieras hecho tú!

—Yo no hago bombas, Clementine. Reparaba relojes, que es muy distinto...

—Ya sabes manipular explosivos. Si tú la hubieras hecho...

Se vuelve a separar de Vladimir. Cambia su gesto. Está de nueva cuenta completa, restaurada. La bella Clementine, única entre las mujeres.

—Clementine... Yo no hago bombas. Te quede claro.

—Giorgii me recoge a las ocho, me sacará de aquí. ¿Quieres venir conmigo? ¿Te llevamos hacia El Refugio? ¿Vas a dar las nuevas a Gapón?

—No puedo, Clementine. El Padre Gapón ya lo sabe todo, y no quiere la noticia se disperse. Por esto me ordenaron que permanezca escondido hasta que termine la manifestación mañana. No debo ir hacia Nerva, ni debo presentarme donde esté ningún otro contingente de la Asamblea… Yo temo a otros —no ir a dejar un mensaje al Zar—, y a los que más temo es a los que protegen al Padre Gapón. No voy a desobedecer, no serviría de nada que lo haga yo. Además… yo no quiero ir a la "plegaria" de mañana… ¿Viste? Lo llaman acto religioso. Me quedaré esta noche donde mi hermana Aleksandra, la señora Annie no se da cuenta nunca… Así la tranquilizo, le hice llegar un mensaje de que iría a entregar el correo del Padre Gapón y que estaba yo algo alarmado… estoy seguro de que estará preocupada.

Clementine vuelve a cubrirse la cabeza.

—Muy mal, todo se ve venir muy mal. Han pegado hoy unos carteles… Anuncian que está prohibido manifestarse. Esto va muy mal. Muy mal.

—La marcha no debe celebrarse.

—De acuerdo. No… aunque… como algo pasará, algo espantoso, un rastro… las masas se moverán en rebelión, se les quitará todo ánimo de plegaria y lo que exigirán será sangre de los culpables. Y eso no servirá de nada.

—No me hables así a mí, Clementine.

—Habrá un héroe que se ofrezca a llevar la bandera roja. Eso sería la señal para matar a no sé cuántos inocentes. Van a ser ellos los que revienten la plegaria. Plegaria inútil, sí, y que tal vez podría bastar... pero... Si no hay bandera roja, qué sé yo, tal vez no haya rafagueo...

—No lo sé.

—No podemos hacernos ilusiones. Lo han anunciado de mil maneras. Si mi bomba hubiera estallado... No hubieran podido seguir con sus planes, habría detenido la manifestación.

Sin despedirse, Clementine se va. Dejan atrás de sí deshilvanado

el pequeño bulto que fue por unas horas su falsa cría,

tornado en una maraña de tiras medio deshilachadas,

otro ingrediente de la oscuridad

que pocos minutos después Vladimir vuelve total,

cuando apaga la bujía

y se va.

4. Hacia el concierto

A las siete y treinta y cinco minutos —ni uno más, ni uno menos—, Claudia y Sergio abordan su coche de tiro. En el momento en que los caballos empiezan a andar, Claudia deja caer una frase: "Pasaremos por Annie". Sus palabras estallan como una granada. El asiento de Sergio se vuelve una trinchera. Con las dos manos en la barbilla, pregunta, la voz distorsionada:

—¿Por Annie? ¿Por qué me haces esto? —Sergio no soporta ver a su hermana menor, menos aún si es en el teatro, donde la sociedad en pleno se da cita. Casi gritando pide al cochero:

—¡Giorgii! ¡Detén los caballos!

—Sergio, por Dios, ¡calma!

—¡Ve tú! Yo no voy. Me arruinaste lo único bueno que iba a tener este maldito día.

Giorgii disminuye la marcha pero, escuchando la discusión —y acostumbrado a éstas—, no detiene del todo a los caballos.

—Llevamos tiempo suficiente, no pasa nada —argumenta Claudia para tranquilizarlo, porque para justificar el disgusto que le causa ir al teatro con su hermana, Sergio ha argumentado que lo que no soporta es el tiempo que

Annie tarda cuando van a recogerla, lo cual es absolutamente irrefutable—. Ya tomé cartas en el asunto, estará lista de inmediato.

—Ningún tiempo es suficiente para Annie, la conoces. Va a tardar años en bajar, siempre olvida algo… Además… —Sergio querría poder explicarle a Claudia el alcance de su disgusto, pero se entorpece su lengua.

—Ya, Serguei, es tu hermana. Por eso no te dije antes. Para ahorrarnos una escena. Vamos por ella, ¡y punto!

Giorgii conserva el paso calmo del carro.

El tiempo parece detenerse. Insensible al movimiento en la avenida, Sergio exhala:

—¡Adiós concierto!

—¡Qué exagerado! No crujas los dientes, ¡deja ya de restregarlos, que los rompes!

—No los estoy crujiendo.

—Claro que sí, hasta cuando hablas. Ya, ¡deja, deja!, ¡suéltalos! ¡Vámonos ya!

—Yo no voy al concierto.

—Basta. Vienes. Tienes que venir —agrega al hilo en voz alta, aplomada, al cochero—: ¡Giorgii!, ¡Sigue, sigue!, ¡vamos por la señora Annie! —el carro retoma velocidad y Claudia la palabra, sin bajar el tono de voz—. Estoy viendo que maltratas tus pobres dientes, como si ellos tuvieran la culpa de los absurdos corajes que haces por Annie. ¡Absurdos!, ella es un caramelo. Cálmate, Sergio, no pasa nada. Le pedí estuviera preparada para salir. Le dije que estaríamos por ella a las siete y veinte (la engañé un poco). Todo está bien. Tampoco quieres llegar muy temprano, te conozco. Eres la única persona de todo San Petersburgo que va al concierto sólo a escuchar música.

En el momento en que el coche se detiene, como un resorte se abre la puerta del Palacio Karenin, y sale Annie. Sergio entrevé tras la hoja a Kapitonic, el viejo portero, al cerrarla.

—¡Los oí llegar! —Annie dice apenas subir al coche, sonriendo—. Quise agradar a mi cuñada, los esperé de pie junto a la puerta, lista para salir, con el manguillo en la mano y el sombrero puesto… Por un pelo me distraigo. Alexandra me estaba pidiendo un permiso absurdo… se lo negué, por supuesto.

Annie tiene las mejillas encendidas, como si acabara de estar junto al fuego. Sergio la saluda con un leve movimiento de cabeza, mirándola de reojo. Claudia le pregunta:

—¿Alexandra tu mucama? ¿La protegida de la princesa Elizabetha Naryshkina?, ¿la que…?

Annie interrumpe impaciente:

—Sí, sí, ella, Aleksandra, la de Naryshkina, dama de la reina.

—¿Qué te pedía Aleksandra?

—Ya sabes, Aleksandra es la chica que…

—Sí, sí, ya sé quién es, si te estoy diciendo… ¿recuerdas que yo te la recomendé cuando se fue Marietta?

—¡Claro! ¡Bendita elección! Es una joya, siempre está de buenas y dispuesta, ya ves cómo

se han puesto, renuentes, dobles, remolonas…
Me pide permiso para salir, sin darme aviso previo. Salir hoy, así nada más, en este momento, y regresar mañana al atardecer.

—Le hubieras dado permiso, ¿qué te quita? —Sergio.

—¡Se dice fácil, Sergio! Y entonces, ¿quién me viste si se va? Imposible. Mañana es domingo. No puedo dar un paso fuera de casa sin arreglarme, y sin ella estoy hundida. Y no sé hacerme el pelo.

Sergio, aún sin dirigirle la mirada, farfulla:

—¿Quién "te viste"? ¡Quién "te" viste! ¡Ya estás grandecita! ¿Y qué es esa expresión, "hacerme" el pelo? ¡Hacerme el pelo!

Claudia desvió la conversación:

—¿Cómo estuvo el día?

—¡Vi pasar dos coches de motor!

—Automóviles, así se llaman —la corrige con aspereza Sergio.

—¿Qué hiciste durante el día? —insiste Claudia.

—Fui al Magazine Eliséev…

—¿Qué no fueron ayer? —se entromete de nuevo Sergio—. Podrías quedarte un día en casa.

—¡Mañana es domingo! Tú lo dices fácil, pero yo, ahí, sola…

Como pensando para sí, Claudia deja escapar:

—No quiero ni imaginar tu despensa.

—Yo tampoco —espontánea, cándida Annie—. Eso lo dejo en manos del servicio.

—*Eso* no se puede hacer. ¿Cómo crees, Annie? Te roban, ya no es como antes, vives en tiempos de tus bisabuelos…

—Yo no sé ordenar. Para *eso* es el servicio.

Annie y Claudia continúan conversando durante el corto trecho que recorren para llegar al teatro, sus frases casi tropiezan unas con otras. Sergio deja de escucharlas. Regresa a pensar en el correo recibido el día de hoy, en la imposibilidad de salir bien librado. Tan absorto está que no puede lamentarse haber perdido el primer gusto que le da asistir al concierto, los minutos previos le suelen llegar envueltos de un placer especial, único, infantil.

Decir "infantil" referido a Sergio tiene su tinte. De niño había sido feliz. Tuvo alma de poeta, y le duró hasta que *ella* se fue y, para hacerlo más difícil, él dejó de ser su único hijo. Su cabello perdió sus rizos, cambió el tono de sus ojos, su mirada —hasta entonces idéntica a la de su papá— adquirió la inquietud de la materna.

Algo más había pasado. Desde muy pequeño, cuando estaba frente a su papá y él le dirigía la palabra, sentía que no le hablaba a él, sino a un niño ficticio. Por cortesía, pero más por temor, Sergio fingía ser ese niño imaginario. Cuando murió Ana, Sergio se convirtió en eso, lo que él sentía que su padre creía que él era, un niño ficticio. Gradualmente, se tornó en un hombre, pero tal vez por haberse despojado de su ser poeta fingiendo, aún le quedaba algo del ansia nerviosa.

5. El correo del Zar

El correo que recibieron Sergio y Claudia Karenin este día, proveniente del escritorio del Zar, anuncia el deseo del Emperador de poseer el retrato de Ana Karenina que hizo el "gran pintor" Mijailov, que, de acuerdo con el testamento de Karenin, es propiedad de Sergio.

Mijailov lo pintó por la paga, a petición de Vronski, cuando la pareja de amantes vivía en Italia. El pintor trabajó en la tela con rapidez (por la premura que tenía para solventar gastos domésticos), pero esto no disminuyó su calidad. Se decía que era magnífico —eso se rumoraba, pero no había sido visto con detenimiento sino por Tolstoi y un puño de personas (casi todas ellas de ficción)—. De esto ya hace casi tres décadas, porque a partir de la muerte de Vronski, su mamá, la Vronskaya descolgó la pintura y ordenó la guardaran contra la pared. Contra la pared ha seguido todo el tiempo, excepto por una vez.

La nota que viene del escritorio del Zar termina anunciando que su intención es adquirir la pintura para el fondo del Nuevo Hermitage. Escueto, el correo tenía algo de mandato, más que de solicitud.

6. En el teatro

El coche de los Karenin se detiene frente al teatro Mariinski. Las lámparas apuntan a los diminutos, temblorosos copos que, en lugar de reflejar la luz pura del sol de la mañana, replican los pardos, apagados colores de la pisoteada nieve, un lodazal a punta del girar de ruedas, el trote de los caballos, el deslizar de los trineos, el goteo del kerosene y aceite de los motores, y el paso de los transeúntes. Claudia desciende con la vista al piso, la mezcla la deja cariacontecida, "No debimos venir", piensa, y su mirada se diluye y enturbia, como si hecha de esa misma nieve sucia, como si el paso de un carro siniestro la hubiera enturbiado. "Ya es el 8 de enero de 1905." ¿Por qué diría en voz alta la fecha del día, usándola como una cortina de sus pensamientos? Annie repitió atrás de ella, "1905, 1905, ¡a mí me gusta el 1905!".

Sergio levanta la mirada a las lámparas. La luz dispersa los malos pensamientos que lo abruman. Annie escudriña el piso, buscando dónde pisar, y cae en la cuenta de la húmeda suciedad que amenaza su buen calzado. "Parece que por aquí ha pasado una multitud" —dice —, "¡como si viniéramos a ver a la Pavlova!"

Sergio le contesta en tono de burla: "¿A ver a La Escoba sacudir la caja del apuntador? ¡No cuentes conmigo, hermanita!" Los hermanos Karenin desprecian la danza de la nueva estrella por los errores técnicos, y porque su amaneramiento les parece sentimental. "Es una preciosa ridícula", "No hay espíritu en su danza".

Una limousine Mercedes verde oscuro se detiene frente al teatro, es la del Príncipe Orlov —en ella suele viajar el Zar—. La maneja un chofer malencarado, una lámpara ilumina su rostro al momento que abren la puerta para dejar salir al pasajero.

En el foyer, un viejo valet los reconoce de inmediato, le llama a Sergio por su nombre —dice de memoria dos o tres líneas atribuidas a él—, a las señoras por su apellido, les retira los abrigos, sombreros, manguillos, las botas para la nieve y el bastón que lleva Sergio. No les da a cambio ningún boleto, "Pregunten por Fyodor, yo se los entrego". El Príncipe Orlov los saluda, dándoles inmediato la espalda, los Karenin responden sin dejar de caminar. La tercera llamada ya suena cuando trasponen la puerta de su balcón.

Los candelabros encendidos y el animado ruido de la audiencia regresan el buen ánimo a Claudia. Annie ocupa el asiento del centro y en primera fila, dividiendo a la pareja, por lo que también rabia Sergio. Ocupan el quinto palco del primer piso —el *baignoire* Cinco—. Annie atrae las miradas, radiante, su hermoso rizado cabello, abundante y oscuro, sus gestos, sus pestañas tupidas y negras, su piel del color del mármol viejo, los ojos grises resaltados por el tono atrevido de su vestido, un púrpura rojizo que se ha puesto de moda. Es casi idéntica a su mamá, nadie lo anticipó cuando era niña. Si acaso difería de ella, era porque en sus rasgos y gestos era más evidente que la chispa final que iluminó a Tolstoi para crearla, prendió cuando conoció a la hija mayor de Pushkin, nieto de un africano, el Negro del Zar Pedro.

Al percibir las miradas y los murmullos sobre la hermana, Sergio imagina lo que la gente piensa —"¡Desafortunada!, ¡y tan bella! ¡Es idéntica a su mamá!"—, y rabia.

Que fuera idéntica a su madre es la razón central del malestar que le causa a Sergio estar con Annie. Sólo por verla siente el ultraje; si Annie aparece, no hay nadie que no piense en "la" Karenina y los identifique como sus hijos. Pero la verdad es que este efecto, al subrayar, no cambia la apreciación de sus personas. Con Annie o sin ella, Sergio está marcado porque es el hijo de la bella suicida. Incluso el balcón que ocupan para el concierto les está reservado porque es precisamente el que usara su mamá cuando un célebre pasaje de la novela que lleva su nombre.

En este balcón, Sergio ocupa exactamente el asiento que ocupó Ana, cuando, acompañada por la Princesa Varvara (de dudosa reputación), asistió al teatro para desafiar el ostracismo al que la habían condenado por amasiato. Fue en ese concierto cuando Madame Kartasova le escupió "Es una vergüenza sentarme a su lado". El humor en que lo ha puesto el correo que llegó a casa lo ha vuelto hipersensible, desde la nieve sucia al llegar al teatro hasta el balcón que conlleva la frase de la Kartasova, todo acucia la sensación en carne propia de aquel insulto, latigueándolo, como si se lo estuvieran dirigiendo a él, tan intensamente que se le presenta informe, monstruoso, una nube agresiva que lo abrasa, asfixiándolo.

Pero lo que más lo irrita es la presencia de Annie. Por su parecido con Ana, ella es el altavoz que le repite: "Eres el hijo de la Karenina; *ella* se enamoró de Vronski y te abandonó. ¿Y qué le veía *ella* a Vronski? Tú sí le viste algo, y fue la calva, la notaste desde la ventana de la habitación de Marietta tu nodriza".

Annie le refregaba, además, la tristeza de su papá y, más intolerable aún, le restregaba el hecho de que él y Annie habían sido escritos por Tolstoi. Esto le era insoportable.

"¿Qué te pasa?, ¿Sergio?", le pregunta Claudia con la mirada (porque Annie está entre ellos). "No respires tan hondo", le dice también, "¡tranquilo!"

—No sé qué pesar me dio —responde en silencio Sergio, viéndola, ansioso.

Al bajar las luces para empezar la música, permanece en Sergio la misma sensación, impidiéndole escuchar con placer. "Estoy hundido", se repite, "estoy total y completamente hundido", como en un una ópera, de pronto más agudo, de pronto más grave, más rápido o más lento, "hundido, ¡hundido!". A su manera, Sergio compone un aria para su oído exclusivo.

Annie escucha sin oír. La música tiene sobre ella un efecto placentero mediano y con una contradicción: acentúa su ánimo sociable y le provoca recogimiento. Resuelve la incompatibilidad de estos sentimientos auscultando con los hermosos gemelos de nácar que heredó de su mamá. Los prismáticos desde el balcón y la relativa inmovilidad de los presentes la enlazan con la gente y la encierran en sus pensamientos.

Usa los lentes al ritmo de la orquesta, se los pone o se los quita con un golpe de cuerdas, alientos o percusiones. Su gusto innato es por las personas que no provienen de alguna novela, y entre éstas las menos relevantes, aquéllas que dedican su concentración y energía a vivir en los detalles. Los binoculares de Annie pasan de largo sobre el médico o el secretario personal del Zar, a sus esposas, a aquellos que flotan en los círculos sociales detentando puestos insignificantes en algún ministerio, o a los hijos de mercaderes acaudalados, o a los diletantes que cambian seguido de afición, o a algunos viajeros. Con los años ha aprendido a apreciar también a aquellos que, como su hermano, su

mamá, su padre legal y el sanguíneo, han nacido por escrito, ya sea imaginados por completo
por su autor, hurtados parcialmente de la realidad o pensados al vuelo con la marcha del tinte-
ro, pero le interesan menos que la gente parida
por una madre.

Los binoculares son un medio ideal para ella, le gusta ver creyendo aproximarse, sin
escuchar ni tener cercanía. Difiere de su mamá en que no lee más allá que pasquines ro-
mánticos, no procura conocimientos, no tiene
curiosidad intelectual. Pero aunque es frívola y
sagaz, no es sorda, y la oscuridad de su propia
persona la hace apreciar hondamente a algunos
compositores.

Llegada la segunda pieza de la orquesta,
Claudia deja a un lado su hábito de vivir con
dos o tres partituras simultáneas. Wagner consigue lo que jamás logra su marido. Tal vez si hubiera tenido un hijo, éste ocuparía el lugar de
Wagner, pero tendría que haber sido un hijo en
problemas, porque el compositor la perturba.
Le quita su paz natural; en lugar de resistírsele,
ella se le entrega por completo, dócil y llorosa,
como no tiende a serlo nunca. Con Wagner le
cuesta trabajo no llorar, no es propensa a las lágrimas. Si hubiera sabido que iban a interpretar una pieza del compositor, tal vez no habría
ido al teatro, pero no puso atención al progra-
ma, iba "al concierto", no al contenido de éste.

Estaba ahí por darle gusto a Sergio (él ama la música), y por hacerle compañía a Annie, por sacarla de casa. La llegada del correo del Zar hizo más oportuna la salida.

Así Claudia no fuese tan hermosa como Annie y careciese de algún ingrediente inusual (o "exótico") que la hiciese más atractiva —aditivo que su cuñada tenía de sobra— porque es de piel muy clara y ralo cabello lacio, Claudia no es en ninguna medida fea. Annie es alegrienta (su alegría siempre ligeramente pintada por algo agrio), y en contraste Claudia es de natural feliz; esta felicidad la viste de gracia y belleza.

El cambio de tonalidad en sus temperamentos hoy se disuelve bajo el efecto Wagner —porque Wagner es la gran pasión musical de Annie—. Sólo en lo que dura la pieza, Annie retira los lentes de sus ojos, la emoción la pinta más bella, y Claudia en cambio parece disolverse distraída, ausente.

Sería imposible intentar enumerar las diferencias entre las dos mujeres, porque para ello haría falta detenernos en todas sus características. Hay una diferencia que no se puede dejar pasar: Annie es un personaje de ficción y Claudia no. La cuna de Annie fue la tinta, la de Claudia tuvo sábanas sevillanas. Ya mencionada es insuficiente, porque Annie difiere de otros seres de ficción en que apenas tiene presencia en la novela donde nació, y esto le da más flexibilidad a su persona. Los hechos claves son inamovibles: su mamá jamás sintió por ella el apego que tuvo por Sergio, su padre biológico apenas se relacionó con ella, el adoptivo (el papá de su hermano) sintió siempre por ella ternura, incluso cariño, y el deseo de protección —esto desde que nació; cuando lloraba porque la nodriza no tenía suficiente leche, Karenin fue quien se conmovió—, pero también despertaba en él amargura, frustración, y humillación. Las combinaciones afecto-desafecto, ternura-ultraje, y el ingrediente de ser de ficción, aunque de modo insuficiente o marginal, la hacen ser algo especial: es casi real.

7. De lo que hizo Giorgii, el cochero de los Karenin

Giorgii, el cochero, regresó en dirección al palacio de Claudia y Sergio Karenin —la gente apoda al edificio el "Seryozha", que es decirle el "Pequeño Sergio"; las malas lenguas se ensañan diciendo que es el fruto de una donación anónima al hijo de la Karenina, pero son meros infundios, porque lo obtuvieron con la dote de Claudia.

Apenas detenerse el coche, sube una mujer, la cara escondida tras el velo.

—Gracias, Giorgii. Gracias.

—Por un pelo se regresan los señores.

—¿Cómo? ¿Discutían otra vez?

—Lo de siempre.

—¿Estás seguro de que tienes tiempo para llevarme?

—Aleksandra, no voy a dejar que te vayas sola. Se ve que no conoces...

—Pero, Giorgii, sé que te pedí el favor, pero no te quiero ver en problemas. Y sí conozco.

—Me pediste un favor muy grande. Yo lo haría todo por ti. Y más si te casas conmigo.

—Pero Giorgii, ¡ya estás casado!...

—Sólo un poquito. No en San Petersburgo...

—Estás casado. Calla.

—Tengo que ir de cualquier manera, con otra encomienda. Llevo a alguien más.

Toman la primera calle hacia el este, y giran hacia el norte. Dos cuadras después, Giorgii detiene el coche. Se abre la puerta.

—Aleksandra, esta es la otra pasajera que llevaré a El Refugio. Ahora sí, vámonos ya —cambia el tono de su voz, como si hablase con un superior—. Buenas tardes, Clementine.

Clementine se acomoda en el asiento enfrente de Aleksandra, lo más lejos que puede de ella, y no le presta la menor atención. Arrebujada en su capa, va concentrada en sus propios pensamientos. Aleksandra, en cambio, la observa con curiosidad cuando se lo permiten las luces de la avenida, su ropa es en extremo singular, esa capa hecha de trozos de diferentes materiales, de muy segunda mano. Clementine cruza las piernas, Aleksandra le ve bajo el vestido ajustados largos calzones hasta el tobillo, al pie como polainas.

El coche se dirige hacia el suroeste, alejándose del centro de la ciudad, y continúan el viaje a considerable mayor velocidad aunque circulan por calles estrechas, enfilándose hacia el área industrial de San Petersburgo.

Clementine va concentrada en poner orden en sus pensamientos. Pero al detenerse en una esquina muy iluminada, siente los ojos de Aleksandra devorándola —Aleksandra se repite lo que pensó cuando la vio subir al coche,

"Otra de las novias de Giorgii, los hombres no tienen remedio".

—¿Qué, niña? ¿Qué me ves? ¿Te gusta mi capa? La hice yo. Y mira: mi vestido.

Clementine desanuda el lazo del cuello de la capa y se la abre de par en par. A plena luz de la mañana, identificaríamos que Clementine porta el vestido que Ana Karenina usó hace treinta años para asistir al concierto donde la insultó Madame Kartasova desde el balcón vecino, humillándola en público —afrenta cuyo espíritu revivía Sergio esta misma noche.

El vestido es una de las prendas de la Karenina que su semi-suegra (la mamá de Vronski), la Condesa Vronskaya, en ánimo vengativo y perverso, donó a una institución de caridad, deseando las usaran mujerzuelas. Al salir del confinamiento, se lo habían regalado a Clementine, porque se había "perdido" el que llevaba puesto al entrar a la cárcel, un vestido notable en su hechura, tanto el corte como la costura, que algún vivales hizo propio para regalárselo a su mujer, hija o amante.

La prenda de Karenina sigue siendo magnífica, pero no como lo fue décadas atrás. Hecho en París especialmente para ella, cortado a su medida en pesado terciopelo y ligera seda, armado con precisas indicaciones, ignoramos el color preciso que tuvo originalmente, no lo proporciona Tolstoi y sería imposible reconocerlo en su estado actual. Sólo sabemos que era de un tono claro. Tal vez fue entre crema y lila, pero lo más probable es que haya sido de un pálido vino que el tiempo ha deslavado, porque es de algo parecido al rosa que melancólico desentona con los otros colores de moda en esta temporada de San Petersburgo. El vestido tiene el escote bajo, deja desnudos también los hombros y va ajustado a la cintura con listones de seda que fueron, y aún son, de un tono más claro. Clementine no lo porta, como hizo Ana, acompañado de una mantilla adornándole la cara, sino que con jirones de ligera piel ha hecho esta especie de sombrero que, rodeando la cara y enmarcándola, le cubre el cuello, la garganta y los hombros.

Ana Karenina usaba un buqué (bouquet) de pensamientos frescos, las flores de pétalos coloridos sobre el lazo del corsé, y otro más pequeño en su rizado cabello, adornado con pequeñas plumas y un lacito de encaje. Para acompañarlo, Clementine trenzó plumas rotas emulando flores, las anudó con el corsé y entremezcló en su hermosa cabellera bajo la especie de sombrero que a primera vista parece ser parte de su capa.

Aleksandra ve el bizarro atuendo y no entiende su valor. Por cortesía le sonríe en silencio, pensando "Giorgii está más loco que una cabra, qué mujer levantó, de verdad tan extraña…".

8. El intermedio en el concierto

Al empezar el intermedio, Claudia dice en voz alta y en tono contundente, "¡Wagner me aturde!", con un gesto de "Esto hasta aquí llegó", y pasa inmediato a otro tema. Hay demasiado que atender, da por olvidada su reciente desazón. En su hermoso vestido, blanco, de encajes sobre seda, queda la huella de su inquietud: el adorno a gancho que llevara sobre el cuello, tan delicado como una mantilla, está fuera de lugar, torcido hacia un lado.

Sergio se levanta, aún en mente la última pieza, el Concierto para piano 4 de Anton Rubinstein. Se dispone a caminar hacia la salida del balcón cuando lo ataja un desconocido. En francés se le presenta como nuevo embajador en San Petersburgo, masculla un nombre incomprensible y omite el de la nación que representará.

—Sin duda a quien usted debe desear conocer es a mi mujer, es hija del Embajador...

—Sé quién es ella, sí, y sería un placer conocerla. Pero por quien tengo particular interés es por usted. ¿Sabe? —da un paso adentro del balcón, acorralando a Sergio—, he leído tantas veces la novela de Tolstoi que puedo ufanarme sabérmela de memoria. La extraordinaria posibilidad de hablar con uno de sus personajes me emociona…

—Excelencia —interrumpe Claudia, levantándose de su asiento; ha escuchado, e intenta distinguir en el perfecto francés parisino algún acento extranjero—, un placer conocerlo. ¿Bajamos a tomar un champagne para festejar su llegada a Petersburgo? Ya tendremos ocasión para conversar de más temas, sin duda. Lo primero es darle la bienvenida.

Claudia le ofrece el brazo, sonriéndole, y sigue hablando:

—Enchantée. Je suis Claudine Karenina —acentúa la á final, como los franceses pronuncian ese nombre—. ¿En qué país estuvo anteriormente? Sabe…

No para de hablar, y se lleva al extranjero, quien no puede declinar la compañía. Claudia no impone un castigo con su compañía, en los gestos del parlanchín y en su tono de voz es evidente que ella tiende sobre él la red de sus encantos.

Sergio alcanza a oír al Embajador decir a su mujer:

—Cuando leí *Ana Karenina*…

Annie ha pasado desapercibida a los ojos de ese astuto lector. Ni su belleza ni su parecido con la protagonista le atrajeron un ápice. "Otro que no se acuerda que yo nací", dice en voz baja, en tono resignado y, alzando la voz, levantándose de su asiento:

—Sergio, ya que nos acaban de robar a Claudia —acentúa la última a—, ¿podrías ser bueno?, ¿me acompañas a beber algo?

Le da el brazo y salen juntos del balcón. Enfadó tanto a Sergio la impertinencia del embajador desconocido que se deja llevar por ella. No han dado más de diez pasos cuando un grupo de hombres, deshaciendo su círculo, los detiene.

—Conde, ¿qué opina usted?

—¿De qué? —Sergio no tiene ni idea de a qué se refieren, piensa para sí "Otra vez hablan de la estúpida guerra con Japón".

Un hombre de barba rojiza pasa entre ellos, en voz muy alta despotrica, "Anton Rubinstein, tocar Anton Rubinstein cuando el complot judío...", pero ninguno del círculo le presta atención. El pelirrojo se sigue de largo, y el círculo sigue con su tema:

—Se dividen las opiniones, y nos interesa la suya: ¿es todo trabajador ruso un portador de la Cruz, un campesino, un krest'ianin? ¿O tenemos ya lo que en Europa llaman "clase trabajadora"?

Viendo la expresión de Sergio, que es fácil interpretar como "¿De qué demonios me están hablando?", otro del grupo agrega:

—Discutimos el tema por la huelga. Yo opino que el General Panteleev no se equivocó: es necesario aumentar la paga, además de atender al problema de la vivienda y abastecer de servicios médicos.

Todos tienen opiniones:

—¿Y quién va a subsidiar esto?, ¿nuestros impuestos?

—Deben pagar los dueños de las fábricas.

—¡Eso es un sueño!; la crisis económica que provocaría dejaría a muchos miles sin empleo. Peor el remedio que la enfermedad.

—Lo que es importante es mantener el orden. Se requieren fuerzas especiales, los costos a cargo de los empresarios.

—¿No sería menos oneroso a la larga remediar las condiciones?

—Esa es una argumentación absurda.

—Hay que crear un esquema de repartición de las ganancias que dé aliento a los empleados, facilitando adquieran su propia vivienda. Y sí, por el momento mantener supervisión policial. Esto sería un seguro contra los disturbios. Van 550 huelgas en los últimos dos años.

—Ese número es una exageración.

—No, es la cantidad precisa.

—La fórmula mágica la tenía Zubatov: "Sólo con el matrimonio de la policía y la clase trabajadora puede el Estado mantener a raya a las fuerzas revolucionarias".

—Yo quería hablar de este fenómeno, el cura Gapón y sus seguidores —vuelve a tomar la palabra el primero.

—Se oyen decir tantas cosas, que si es un impostor, o un revoltoso, o un agente de los japoneses; o sólo un interlocutor al que hay que preciar, porque puede ayudar a alcanzar un acuerdo.

—O un iluminado, o sólo un vengador por un asunto estrictamente personal o administrativo…

Annie escurre su brazo del de Sergio, sin dejar de sonreír. La aburren las intrigas de la corte y los pleitos en las entrañas del ministerio, pero más todavía "esos asuntos de la política". Sergio tampoco tiene ningún interés en el tema, pero que Annie lo suelte es un alivio, y está por intervenir con otra pregunta cuando el joven que da las llamadas pasa con su campana, reconoce a Sergio, "Conde Karenin, tanto gusto", y su frase cortés más su mirada chispeante producen en Sergio un efecto helado. Piensa: "¿Alguien entenderá que no soy un títere, sino una persona? Incluso yo creo que eso soy, un títere, un títere que está por perderlo todo".

La frase no es una profunda reflexión sino la cantaleta que se receta a menudo y que conoce bien Claudia. Eso de "perderlo todo" no necesita de una nota del escritorio del Zar para brincar a la superficie. De niño lo perdió todo. Si volvía a flote era porque, sin saberlo, intuía el razonamiento que se dijera su madre a sí misma: "Renuncio a todo cuanto añoro y aprecio más en el mundo, mi hijo y mi reputación. Si he pecado, no merezco la felicidad ni el divorcio, y acepto la vergüenza, así como el dolor de la separación".

En ese ánimo se separa de la conversación animada de los hombres, y busca a Annie. Regresa con ella al balcón, donde ya los espera Claudia.

—Las cosas están mal, Sergio —le dice su mujer muy quedo al oído—. Se han salido muchos del teatro después de la pieza de Anton Rubinstein, porque es judío, ¿cómo puede ser?, ¿qué le pasa a la gente?

Pero Sergio no le presta la menor atención. No la escucha. Lo aturde su incomodidad. Asiente como si le hubiera dicho cualquier comentario banal. Sólo quiere atender al concierto y olvidarse de todo. Empieza la música y él se le entrega; por completo sumergido en sus notas, zozobra en ella, de tal suerte que se le diría catatónico.

9. Cerca del puerto

No lejos del paso del río, al suroeste de San Petersburgo, el coche de los Karenin se detiene frente a la fachada de una bodega de las fábricas Putinov, las que empezaron la huelga. Clementine desciende sin decir ni pío, y de inmediato se pierde de vista. Giorgii, el cochero, baja del coche, directo a un piquete de huelguistas y algunos activistas reunidos alrededor de la hoguera:

—Volodin, buenas noches. Traigo a la hermana de Vladimir, el mensajero, quiere saber si hay nuevas de su hermano…

—¡Calla! Sí. Yo la llevo, sé quién le dirá —habla Volodin. Sin esperar respuesta o reacción de Giorgii camina al coche, abre la puerta de los pasajeros, y dice a Aleksandra: —Yo la voy a llevar a quien le explique todo, soy Volodin. No se preocupe, su hermano está bien.

—¿Ya regresó?

—No.

—¿Cómo pueden saber si está bien, si no ha regresado?

Giorgii se asoma también por la puerta:

—Tengo que irme ya, se acerca la hora en que los Karenin salen del teatro. Aleksandra, te dejo en buenas manos —y a Volodin: —¿Regreso por ella?

—Nosotros la cuidamos, no vuelvas.

—¿Está bien, Aleksandra?

—Gracias, Giorgii, gracias. Está bien.

Aleksandra baja del coche. Giorgii se despide, toma las riendas, y los caballos tiran a buen trote.

—¡Por eso matan niños! —Volodin dice a Aleksandra—. Cruzan por las calles sin atender a nada que no sea el capricho de los ricos… se sienten dueños de la ciudad.

Se adentran en una oscura callejuela, Aleksandra dando inseguros pasos y pequeños saltos torpes —los elegantes zapatos veraniegos que lleva puestos, herencia de su patrona, le impiden avanzar en la nieve—, Volodin como un pez en el agua.

10. Otras precisiones sobre Sergio

No es fácil precisar las fechas de la vida de Sergio. En 1873, cuando Tolstoi lo escribe —el hijo de Ana Karenina aparece desde el principio de la novela, y fue la fecha en que se comenzó a publicarla en fragmentos en *El Mensajero de Rusia*—, Sergio tiene ya ocho años. Es un neonato de ocho. Vuelve a tener ocho años cuando aparece impresa la primera edición de la novela completa, en 1878, y páginas después, al tiempo que corre la trama, es dos años mayor. Tiene para nosotros tres fechas de nacimiento: 1873 —cuando lo crea Tolstoi—, 1865 —fecha de nacimiento en la ficción— y 1878 —aparición impresa que lo fijará para la posteridad—. Para un lector monolingüe anglosajón, Sergio entra al mundo en 1886, año en que apareció la primera traducción a esa lengua, de modo que desde su punto de vista podría creer que nació en el 78, pero para nosotros en esa fecha ya tiene más de diez.

Hay que tomar en cuenta el mareo de cifras para comprender el estado en que Sergio cae en el concierto, en el balcón, un estado de coma espiritual que no podemos sólo atribuir al correo que llegó hoy a su casa, o a la compañía de su hermana Annie, o a que se hayan sentado en el balcón que hiciera famoso la Karenina, o al comentario del embajador recién llegado a San Petersburgo. Porque Sergio cae de tal manera en su ensimismamiento musical que es cosa de ficción —o podría serlo de místico, pero no es su caso—. Del coma espiritual, Sergio regresa resoluto, estado inusual para él porque tomar decisiones no es lo suyo.

Su resolución no es algo voluntario; al salir de esa especie de catatonia o coma en que lo sumerge la música, ella (la resolución) lo ha tomado ya a él. Sabe con claridad qué va a hacer. Su vida va a cambiar. En su expresión se trasluce una comodidad plácida que desconoce. "Hoy defino mi futuro". Se siente orgulloso, como un *verdadero* hombre, como si él se hubiera parido a sí mismo, salido de la inercia de su condición ficticia.

(No piensa que es difícil, si no imposible, que un ser dotado de un pasado fijo, inmoldeable, pueda acceder a un mañana voluntario. El mañana no cae como una lápida en las personas. Conforme va haciéndose el presente, se moldea, le da también nueva forma a lo que fue el pasado. Pero el ser que tiene un pasado fijo, escrito, es de natural inerte, indeciso, como las estatuas de marfil de los juegos de niños. Otro le dicta la forma de su inmovilidad o le permite avanzar en un rango muy limitado. Es la música lo que le da a Sergio la ilusión de total humanidad, él puede, como cualquiera, tomar una decisión. La toma, se aferra a ella. Es feliz.)

Al terminar el concierto, los tres Karenin dejan el balcón. Claudia saluda a algunos amigos, Annie recibe incontables cumplidos —"siempre la más bella", "los años no pasan por usted"— y Sergio se las arregla para parecer absorto en sus propios zapatos, sólo despega la mirada de éstos cuando el viejo ujier Fyodor le musita algo al entregarle sus abrigos, reacciona pero tampoco lo escucha, que es una suerte: el "Siempre me acuerdo de su mamá" de Fyodor hubiera sido otro bofetón para su ánimo.

Ya en el carro, no son sus zapatos los que Sergio ve, sino la calle a la distancia. Las dos mujeres charlan animadas. Sergio no las escucha, abstraído en el júbilo interior del "hoy cambiará mi vida". Cuando dejan a Annie en el Palacio Karenin, como único gesto de despedida, Sergio alza los hombros. Las dos mujeres cruzan miradas, conteniendo la risa:

—¿Qué te decía, Annie? Es la música, ve cómo lo pone, está en otro planeta.

Tampoco escucha Sergio su comentario, ni advierte las risas cómplices a su costa.

La pareja sigue el trayecto a casa en silencio. Giorgii, el conductor, va silbando una canción que los ruidos de la avenida le impiden a Claudia escuchar.

11. Kapitonic, el portero del Palacio Karenin

Kapitonic le abre la puerta a Annie. El viejo portero que aparece en la novela de Karenina sigue idéntico a como nos lo dejó Tolstoi, el tiempo no ha dejado huella en él. Desde el suicidio de Ana, no ha vuelto a poner un pie afuera, excepto una vez; no salió ni para estar presente en el entierro de su propia hija, la exbailarina del ballet ruso, hace cinco años. Vive encerrado a cal y canto, dedicado a conservar el Palacio Karenin tal como fue dibujado en la novela, con dos cambios. Uno es que el Conde Karenin se encargó personalmente de habilitar la habitación para Annie cuando llegó de la mano de Vronski. El segundo es que se removió el retrato de juventud de Ana Karenina del estudio del Conde, aunque representara a su mujer antes de que se convirtiera en "otra" al enamorarse de Vronski. Ningún otro objeto ha cambiado de lugar y las cosas se conservan en perfecto estado, gracias a los infinitos cuidados de Kapitonic (y a su naturaleza ficticia).

Pero Kapitonic no es hoy el de siempre. Annie lo percibe desde el momento en que le abre la puerta. Esa calidad que lo convierte en el portero perfecto —en el emisario impecable de la hiperestabilidad—, hoy tambalea. Kapitonic guarda silencio —es lo habitual—, pero en su expresión y en su postura hay algo distinto, diferente.

—Buenas noches, Kapitonic. ¿Todo en orden?

Kapitonic tarda en contestar. Más notable es que no extiende los brazos para ayudarla a quitarse el abrigo. Con la voz muy queda, pero con una exhalación casi furiosa, espeta:

—No, señorita Annie, no estamos en orden.

La manera en que dice las escuetas palabras es como un golpe para Annie.

—¿Qué pasa?

—Es que…

Ahora Kapitonic es quien parece distraído, ausente.

—¿Qué pasó, Kapitonic? ¡Me tiene en ascuas!

El portero del Palacio Karenin la mira como si de pronto se diera cuenta de que está frente a él. Reaccionando, toma el abrigo que ella sostiene en las manos, y retomando su habitual aplomo, con voz descompuesta, Kapitonic contesta:

—¡Marietta salió!

Annie entiende de quién habla, y no intenta corregirlo para que llame con su nombre a su ayuda de cámara, Aleksandra, la joven que suplió a Marietta. No lo hace porque no puede creer que Aleksandra se haya atrevido a desobedecerla.

—¿Qué hizo Aleksandrina?

—Se fue.

—¿Cómo que se fue...? ¿Se llevó sus cosas?

—No, no, no, señorita. No se llevó nada —el experimentado portero sabe que actúa un papel que no es el propio, y se siente en el deber de tranquilizarla. Porque sabe que el honor de su trabajo es personificar el orden, la tranquilidad del hogar. Desde el momento en que alguien traspone la puerta, Kapitonic debe hacerlo sentirse cómodo.

—¿Qué dices, Kapitonic? No entiendo.

—No *se fue* Aleksandra. Salió.

—¿A esta hora? —Annie sigue alarmada, como si no percibiera que Kapitonic regresa a su habitual.

Kapitonic respira hondo. No le contará que Giorgii pasó por ella, que es el cómplice. Es demasiado, no puede decírselo. En cambio, le explica:

—Hace tres días, Aleksandra recibió un correo. Hoy le llegó un telegrama. Cuando usted se fue al concierto, Aleksandra subió y bajo las escaleras varias veces. Yo no podía entender qué estaba pasando por su cabeza... Después me llamó y me dijo: "Señor Kapitonic, ¡yo voy!, ¡no puedo negarme! Si la señora no me quiere de vuelta, lo entiendo, pero no puedo no ir...".

—el portero vuelve a perder el aplomo—. ¡Siquiera se cubrió la cabeza, la pobrecita! Le insistí en que lo hiciera...

Annie calcula su respuesta. Tiene sentimientos mezclados, enojo y preocupación.

—¿Dijo Aleksandrina si volvería?

—Sí, sí, señorita, volverá mañana al atardecer, ¡sólo mañana!, tal vez pude no haberla alarmado, pero… Dejó para usted unos papeles —Kapitonic los pone en manos de Annie—. Señorita Annie… yo intenté disuadirla. No pude hacer más… Iba con zapatos de verano, señorita Annie, mademoiselle Annie…

Con que se fue, a pesar de que ella no le dio permiso. La está forzando a despedirla. Un pesar, porque… No, no es impecable, ¿para qué exagerar?, pero la necesita, y las de servicio andan tan revueltas, que… Con un disgusto mayor, que amenaza con comerle todo juicio, Annie revisa lo que Kapitonic le da.

Uno de los papeles tiene pocas líneas manuscritas que Annie lee presurosa, de pie, aún al lado de la puerta, pero ya sin el abrigo. Aleksandra escribía que ella, "yo" (con letra clara) "tengo el deber de ir a buscar a mi hermano, que por instrucciones del Padre Gapón salió de San Petersburgo hacia el palacio del Zar a entregar la petición de los trabajadores", documento "del que aquí le dejo copia". Como su hermano no regresa, teme por su vida, "lo que me fuerza a salir a buscarlo: es mi único hermano vivo. Espero usted, Señorita Annie, sepa comprenderlo. Le ruego que con su enorme bondad sepa perdonarme. Tengo muy presente que usted me ha negado el permiso para salir. Por favor, le suplico valore que mis actos no son un capricho. Debí explicarle con más detenimiento, pero no quise retrasarla, sabiendo que su cuñada la quería puntual". Etcétera, formalidades que la pobre muchacha se dio tiempo de garrapatear, desesperada ante la idea de perder un empleo estable, porque de éstos no hay.

El otro papel es un impreso, una reproducción de la carta que el padre Gapón escribió al Zar y la que había enviado a Tsárskoye Seló:

"Señor: Nosotros, trabajadores y habitantes de la ciudad de San Petersburgo, de diversos rangos y condiciones, nuestras esposas, nuestros hijos, y nuestros desamparados ancianos padres, hemos acudido a vos, señor, en busca de justicia y protección. (…) No rehuséis el auxilio a vuestro pueblo. (…) Liberadlo de la intolerable opresión de los oficiales. Destruir el muro entre vos y vuestro pueblo, y permitidle que gobierne el país junto con vos".

Mientras leía, Annie se debatía, se regañaba a sí misma, rechazaba como intolerable la salida de Aleksandra, se la perdonaba, la despedía, la perdonaba… "¿Pero qué demonios es esto? ¿Qué está pasando? Ojalá hubiera prestado atención a lo que decían en el corrillo del teatro sobre el tal cura Gapón. ¿En qué se metió mi dulce, mi buena Aleksandra? ¿Y para qué me pidió permiso, si de todas maneras lo iba a hacer? ¿Cómo no me di cuenta de su grado de desesperación? ¿Por qué no la dejé hablar? Pude entonces aconsejarla, así tendría alguna idea más precisa de lo que está pasando."

12. A la mesa, Claudia y Sergio

A la mesa, festiva y elegante, adornada con el estilo de Claudia, los esperan ostiones y como plato principal carne de venado en salsa de almendra. El pan había levantado sólo medianamente, con él se preparó en la cocina una sopa que no estaba nada mal pero que no fue a dar a la mesa de los amos. Aunque Sergio se siente excepcionalmente vivaz al sentarse, el champagne con que llenan sus copas lo vuelve soñador. Fantasea con el futuro que acaricia. Abstraído en esto, Claudia lleva la batuta de la conversación, pide de Sergio sólo monosílabos, y pocos. Cuando les recogen los platos, pasa al francés para que no entiendan los de servicio:

—¿Qué vamos a hacer con la petición del Zar, Sergio? ¿Quieres hablemos de esto?

—Ya tomé una resolución.

Claudia lo ve a los ojos, con su ternura, pero también con algo parecido al asombro.

—¿Y? ¡Gran y grata sorpresa!

—Intercambiaré una por otra. Le doy el retrato de mi mamá que pintó Mijailov, porque no puedo negárselo, y le pido nos trasladen. Lejos de cualquier ciudad. Sé que necesita hombres de confianza contra los propagandistas que están corrompiendo…

—¿De qué estás hablando? ¿Has perdido la razón? ¡De ninguna manera! ¿Por qué vamos a sacrificar la vida que llevamos? Sergio, Sergio, Sergio —de nueva cuenta los ojos de Claudia empiezan a recorrer el comedor, tocando todo detalle. Con cuánto cuidado ha armado la vida doméstica que los rodea. Ella no está dispuesta a perderla, por ningún motivo. Y jamás se quedaría sin su Sergio, tampoco—. ¿Tú crees, honestamente, que puedes servirle de algún tipo de policía secreta? —y aquí baja la voz, pues en francés es la misma palabra—, ¿de verdad te ves como un Ojrana, tú? —alza la voz—. ¡No durarías más de dos semanas! —pasa al ruso—. No tienes huesos para eso —de nuevo brinca al francés—. ¡Tú de la policía secreta! ¡Imposible!

Sergio no da muestras de ofenderse por sus comentarios. El champagne y él lo han previsto todo. Se dispone a exponer con paciencia, en francés, y en voz muy baja, empieza por explicarle que si permanecen en San Petersburgo no podrá aceptar la petición que proviene de la oficina del Zar, porque eso le es intolerable. Pero si el Zar lo desplaza… y con esto además ganaría bonos por su incondicionalidad, su ofrecimiento de sacrificarse es prueba de lealtad. Dejarían todo, pero está seguro de que a cambio obtendrá el favor zarino. Tal vez les dará tierras (siervos imposible ya, aunque el sueño de su clase no se desvanece, y en lo que sueña él es en siervos). Tierras. No se detiene en la detallada relación que él y el champagne han previsto. Pasa a algo que piensa importará a Claudia: le otorgarán otra condecoración.

—Además —dice, ahora él en voz baja y en ruso—, en el campo dejaré de ser sólo el hijo de Ana Karenina —termina alzando de nuevo la voz, y en francés: —Tendré vida propia. Seré algo más que un títere.

A Sergio le brillan los ojos. Se golpea el pecho con los dos puños exhalando un "¡aaaaahhhh!", y sonríe. Pone las dos manos en la mesa, y voltea a ver a su mujer, esperando su reacción. Claudia pone cara de póker. Le habla en un tono suave, aún en francés:

—No es un sacrificio lo que ofreces, Serguei. Estás ofreciéndole dos sacrificios: el tuyo y el mío. Somos tú y yo los que estamos en juego. ¿Qué haré yo si no vivo en esta ciudad, y sin nuestra casa? ¿Qué será de mi vida, lejos de la tacita de plata en que vivimos?

—Harás otra casa… —Sergio le contesta rudamente y en ruso. Levantándose de la mesa con la copa en la mano, camina hacia el salón.

—¡Eso es imposible! Sergio…

Claudia sale tras él, hablando y haciendo énfasis con las manos.

La idea de entregar al ojo público el retrato de su mamá repugna a Sergio por el escándalo, la afrenta de verla expuesta, las murmuraciones a que dará cabida. Exponer la pintura provocará un ambiente intolerable. La suicida, la adúltera, la mujer perdida estará en boca de todos. Y Sergio, otra vez, no será sino el hijo de ella, esa pobre mujer, si es que puede uno llamarla así…

—Lo que importa es la calidad de la pintura, no las anécdotas alrededor de ésta. ¡Se trata del Hermitage, Sergio! ¡Entra en razón! —Claudia no da rienda a la idea del escándalo, quiere desviar la atención de Sergio para poder encontrar una salida airosa—. Hay que responder con la altura que lo demanda. Contestemos que con gusto enseñaremos la pintura a quien ellos consideren pertinente venga a evaluarla. Que es necesario confíen en un ojo crítico profesional. Que venga un experto y la juzgue. No vamos a decir una palabra de nuestros pruritos —no creas que no te comprendo—, porque no se trata de nosotros, sino de los tesoros artísticos de nuestra Rusia. ¿Es, o no es una obra de arte? ¡Es lo que importa! ¡Y no lo sabemos! Responderemos que es un gran honor haya su majestad fijado su atención en el retrato, pero que nosotros no tenemos ninguna expectativa en la pintura, más allá que su valor sentimental. Que no estamos autorizados para saber si es conveniente incorporarla a una colección y un museo tan importantes.

—Que lo pertinente es que vengan a evaluarla.

—Exacto. Si en verdad es una gran pintura, lo importante no serán los chismes, sino su cualidad. No es tu mamá quien estará en exhibición, sino una obra maestra. Al Hermitage sólo deben entrar obras maestras, porque ese museo es el orgullo de Rusia.

—Les diremos "vean con sus propios ojos si el retrato que está en nuestra posesión no es más que un Constantin Guys" —el pintor francés acababa de ser destrozado en las páginas del periódico.

—Exacto, Sergio. Es el punto.

La salida satisface a Sergio, pero sólo por un momento. Vuelve a llenar su copa y la de su mujer. Permite se asienten algo las burbujas, y dice:

—No, no creo. No, no puedo aceptarlo sin que nos vayamos, tiene que ser una condición previa. El sueño del tío Stiva era Texas... dejar Rusia atrás, cruzar la mar océana, vivir en la Gran Pradería, allá donde los caballos crecen por sí solos, las vacas se reproducen sin la mano humana, y los buenos apaches...

(¿Quién hubiera podido creer que ese muchacho iba a casarse, y que además se casaría bien? Tímido, incapaz de tomar decisiones —blandengue y pusilánime—, heredero de un capital minúsculo a compartir con su hermana, la que Karenin padre adoptó cuando se la entregó Vronski tras el suicidio de Ana, y a quien su abuela paterna dejó con triquiñuelas y malversaciones sin un céntimo, por vengarse de la hacedora de la desgracia de su hijo y por avaricia, diciéndose "A fin de cuentas la adoptó ese Karenin". Annie de niña era idéntica a Vronski —al punto que la Karenina no soportaba ponerle los ojos encima—, pero ni el parecido con la carne de su carne atenuó el ánimo vengativo de la Condesa Vronskaya, falta de corazón de abuela… Los bolsillos del padre Karenin se adelgazaron más durante sus últimos, difíciles años por su descenso en la administración pública y por los malos manejos de sus recursos cuando cayó en manos de un abogado sin escrúpulos que, aprovechándose de que Karenin quería estar lejos del escrutinio público, lo cebó con trampas. Disminuido, entristecido, tenía por única compañía a la Condesa Lydia Ivanovna (mujer insoportable) y como único soporte emocional al cristianismo. Hay que darle a la vieja Condesa Ivanovna su crédito: aun tras la tragedia de Ana siguió siendo su incondicional. El cristianismo lo aisló aún más, porque después del asesinato del Zar Alejandro II —el emancipador de los siervos—, su hijo, Alejandro III, no veía con buenos ojos a quienes no fuesen ortodoxos puros. El viejo Karenin jugó todas sus cartas mal… La llegada a la adultez del primogénito Karenin no tuvo estrella protectora. Su tío, el príncipe Stefan Oblonski, también cayó en desgracia por un error administrativo que se podría pensar minúsculo pero que fue magnificado por el disgusto que causara la presión de Tolstoi sobre el nuevo Zar, exigiéndole perdonara la pena de muerte a los asesinos de Alejandro II... Igual de difícil de contrarrestar era el apellido de Sergio. ¿Quién podría querer llamarse Karenina? La mujer que se casara con él llevaría un nombre marcado por la memoria de la bella y rica que, en un arranque de rabia, celos y exasperación, se arrojó al andén, a la vista de los demás viajeros. No tenía una razón *aparente* para suicidarse. Los celos eran figurados, la mención de cualquier mujer o lugar donde pudiera encontrar alguna, especialmente si ésta era la Princesa Sorokina, la enloquecía. Se convenció de que Vronski estaba por abandonarla, creyó que su mamá lo alentaba a un matrimonio más conveniente, dio el paso, y terminó con todo. Pidió perdón a Dios en el último instante, pero no a Sergio. Craso error, Dios tiene tanto y el pobre Sergio sólo la tenía en su corazón a ella.)

(A pesar de lo anterior, Sergio Karenin se casó joven, con Claudia, una mujer de no pocas luces, joven y rica. Tienen más de quince años de matrimonio. No tienen hijos. En la pareja no existen tormentas, malos pasos, fluctuaciones, siempre están engarzados en su minúscula batalla. Es más que una relación estable, es un hecho, como lo son las montañas o las barrancas que algunas veces los acompañan, el uno par del otro.)

(Que antes de aventarse a las vías no le pasara por la mente la pequeña Annie es algo más comprensible, esa niña no ocupó nunca un lugar central en sus afectos, ¿pero Sergio, su adoración, en quien ella decía haber volcado todo el cariño de que era capaz? Engendró a la hija, la parió, pero le era ajena. No es reprobable si pensamos que no quería tenerla, que su obsesión era Vronski y que el embarazo no fue nada más que un inconveniente, un mero accidente biológico. Ella se explicaría que se había secado la fuente que podría ligarla a un vástago, que el torrente fue todo para Sergio, y no porque fuera de corazón duro, si protegió a la familia del jardinero inglés borracho, que a la muerte de éste quedara desamparada. Llevó a la huérfana a vivir con ella, le dio lecciones para que aprendiera a leer y escribir con propiedad el ruso. Cuidó y protegió a los desamparados ingleses, pero tampoco pensó en ellos cuando se arrojó a las rieles. En el que sí pensó, fue en Vronski. Sólo, sólo en Vronski. Se mató *contra* Vronski. Cumplía la amenaza con que había fantaseado horas antes, pero no sólo por venganza. Sí quería castigar a Vronski, pero más que nada huir, sobre todo de sí misma, como bien lo dejó anotado el autor… Comparado con el último paso de la Karenina, el amasiato con Vronski es una corta pieza teatral cómica, el entremés de un dramaturgo frívolo. El suicidio fue una tromba, un torbellino. La Condesa Vronskaya quiso arrancar a su hijo de éste. Con orgullo lo acompañó a la estación de tren de donde partió a la guerra. Con orgullo lo hizo enterrar, y aunque héroe no fuera, ella le trabajó una condecoración y la obtuvo. "Dio su vida para liberar a nuestros hermanos del puño otomano". Alguien se atrevió a decir en la ceremonia funeraria que si Vronski no hubiese muerto, los voluntarios rusos habrían tomado Constantinopla. Para Ana, en cambio, no hubo lápida, ni misa, ni perdón. Él fue mártir de dos causas: la eslava, y la maldad de la mujer. Ella, de sí misma —ya se había sacrificado antes de morir, "La mujer que no intuye dónde están la felicidad y el honor de su hijo, no tiene corazón"—… Es muy posible que Ana sea un alma en pena. Su alma no debe tener reposo, pero ¿cómo saberlo?, no somos médiums, no jugamos a la ouija, no nos interesa el destino de los fantasmas sino el de las personas que conviven en la faz de la Tierra, para su pesar o su gusto, con otros.)

(Mucho de los otros, ¿pero y de Vronski, no hay más? Se enroló voluntario en la revuelta serbia, al mando de un escuadrón independiente que él organizó y financió —fue uno de los numerosos rusos simpatizantes de la causa eslava, deseosos de ayudar a sus "hermanos serbios" (ortodoxos) a liberarse del "puño tiránico de los turcos"—. … Cuando Koznyshev (escritor modólogo — de los que van con la moda, y que son mayoría—, por lo tanto reciente convertido a la causa serbia) fue a buscar a Vronski a la estación de tren cuando emprendía el viaje a Serbia, advirtió que la expresión le había cambiado, de neutralidad a dolor (y no sólo por el dolorón de muelas que lo atormentaba). Vronski había pasado seis semanas sin hablar tras el impacto de la muerte de Ana, sin ver persona alguna, encerrado, pensando en su vida —lo que nunca antes había hecho— y en la cercanía de la muerte. "Pronostico que está por empezar una nueva vida", le dijo Koznyshev a Vronski, más por no saber quedarse con la boca cerrada que para darle ánimos. No era pronóstico sincero, fue un gesto, una palmada verbal al hombro. Vronski intuía con claridad que lo que él deseaba era morir, con dignidad. A eso iba a la guerra. Iba a luchar porque quería restituir su honor, por vanidad y para no sentirse culpable, para mostrar que era un hombre de valor, no el protagonista de un enredo de faldas… Lo mató la bala de un KRNK modelo 1867 que se le escapó a un hombre de su propio escuadrón, justo cuando a Vronski se le cayó el sombrero y se agachó a recogerlo. Una bala atolondrada, buena para nada, que requirió de la cooperación de su víctima… (Lo último que la conciencia de Vronski percibió, y con gran claridad, fue la mirada de odio que Ana Karenina le lanzara años atrás, a través de su velo ligeramente púrpura, en el Jardín de Wrede. Esa mirada de Ana sí había nacido para Vronski, porque la Karenina nunca antes (ni después) había lanzado una así…) Pero nadie habla de esta bala perdida. Terminó por considerarse irrefutable la versión de un periodista ruso, escrita desde las trincheras en un estilo elegante y brioso que encubría la falta de rigor en los hechos: Vronski, montado en su caballo blanco, vestido impecable de blanco, agitando la melena, gritó: "¡Viva la independencia de Serbia y Montenegro!; ¡mueran los turcos!, ¡caerán Mehemet y Osman Nuri!" —los nombres de dos generales otomanos que luchaban en la frontera—, se abalanzó hacia el corazón del ejército enemigo (conformado de árabes, derviches, egipcios y las bien entrenadas tropas otomanas) y rompió sus filas… Ya cerca del General Mehmet, le apuntó con su rifle KRNK, estaba por disparar, cuando uno de los gatilleros que protegían al líder turco le sorrajó un tiro entre los ojos. Y así, según este relato, Vronski murió, con melena (aunque fuera bastante calvo), vestido de blanco (aunque llevara el uniforme de los oficiales, que no era de este color), con valor e ímpetu (aunque por el dolor de muelas estuviera muy disminuido, y por la muerte de Ana demasiado cabizbajo), apuntando su KRNK (aunque la verdad fuese que a él lo había matado uno de éstos que ni siquiera le había apuntado). De haber sido cierta la verdad del periodista, al pegar la bala al entrecejo, habría cambiado su expresión de gravedad y dolor, por una desencajada, como una carcajada incontenible, un rapto o un delirio. Pero no hubo tal… En todas las épocas hay actores como Vronski, aparentando la precisión de su propia ruta, arrojo y heroísmo, actores medianos de su propio destino que no son más que cortina de turbiedad que desvían, entretienen con oropeles, ejercen un influjo obtuso.)

13. Aleksandra y Volodin hacia
   El Refugio

Aleksandra y (su ariadno) Volodin caminan en un estrecho callejón paralelo al muro lateral de la bodega frente a la cual hacen su hoguera los huelguistas, franqueada del otro costado por una hilera de malhadadas casuchas. El callejón no está iluminado, pero de las viviendas surgen algunas líneas de luz que, combinándose entre ellas, forman ángulos extraños que le hacen a Aleksandra aún más difícil caminar.

Por una de estas manchas de luz, Aleksandra cae en cuenta de que ha perdido su echarpe.

—¡Espera!

—¿Qué?

Aleksandra da la media vuelta, y tras ella Volodin. Ella no avanza más de cinco pasos, cuando, en un tramo por completo oscuro, tropieza con alguien y asustada tose un "¡ay!".

—¿Qué pasa?, ¿estás bien? —pregunta Volodin.

Desde la oscuridad, una voz de mujer que él no esperara oír le contesta:

—¿Volodin? ¡Eres Volodin!

—¿Y tú quién eres?

—Soy yo.

Volodin identifica a Clementine.

—¡Clementine! ¿Qué haces aquí?

Los tres se desplazan y la irregular luz los alumbra.

—Hago lo mismo que ustedes. ¿Esto es tuyo, niña?, ¿cierto? Es tu chal, lo tiraste pasos atrás. Volodin, veníamos juntas en el coche, nos trajo Giorgii.

Los tres retoman el camino en silencio. El estrecho callejón desemboca en una bodega que en su fondo se une con el cuerpo de las fábricas Putinov. Entran por la puerta lateral. En la bodega hay decenas de trabajadores en acalorada discusión:

—No podemos enviar a la cabeza de la manifestación a las mujeres y los niños. Hay riesgos…

—¿Cuál riesgo?

—Riesgo de muerte. ¿Te parece poco riesgo?

—Serán el escudo para los muchos otros. No se atreverán a dispararles.

—¡Y miren quién va llegando! ¡Volodin! ¡Con dos mujeres!

—Una es… ¡Yo te conozco! ¡Clementine! ¡La anarquista! ¿No que éramos unos… cómo nos llamaste? ¡Dijiste que nunca querrías nada con nosotros!

—Y tengo toda la razón. Ni con ustedes, y ni con su completa Asamblea de Trabajadores Rusos, porque olvidan que existimos las mujeres.

—La política no es cosa de mujeres.

—¡Otra vez con eso! La política no, pero sí el trabajo, ¿verdad?

—Coser, cuidar niños, eso sí.

—¿No somos colegas, iguales?

—Somos diferentes, por la gracia de Dios.

—¿Y yo por qué voy a aguantarme en silencio mientras mi corazón está hirviendo?

—Ya, Clementine, deja tus palabras necias.

—Todos tenemos derecho a cambiar de opinión, y espero que algún día sea su caso. Abrirán sus ojos, y nos verán sus pares.

—Que te calles. Hay trescientas mujeres inscritas en nuestra organización. Pregúntale a Vera Karelina.

—Somos un apéndice, la cola de la zorra y no la boca, las patas, la cabeza; como si nosotras no tuviésemos los mismos derechos que los varones. Pero no vine a discutir con ustedes, que para hacerlo no faltan puntos. Estoy buscando al Padre Gapón, necesito darle un mensaje personal.

—¿Vas a la marcha mañana?

—¡Clementine! Si vas a marchar, no será trayendo cizaña. Te atreviste a llamarlo un "infiltrado", ¿cómo olvidarlo?

—¿Fue ella? ¡Yo también me acuerdo!

—¡Que se largue!

—¡Los anarquistas: fuera!

—¡Anarquista!

—Calma, han llamado al padre Gapón cosas mucho peores que agente del gobierno.

—Tengo que hablar personalmente con él —repite Clementine, en nada fastidiada por el recibimiento.

—¿De qué?, a ver, dinos de qué hablarás.

—No lo voy a discutir con ustedes. Tiene que ser con él. Ustedes no me harán caso, sólo porque soy mujer.

Aleksandra escucha sin comprender. Del Padre Gapón ella sabe mucho, pero no entiende de qué están hablando. Y en cuanto a Clementine, ¿qué es esto de "anarquista"? No había escuchado el término. ¿Era contrario a revolucionario socialista?, ¿o era ser marxista democrático?, ¿o bolchevique? Todas esas palabras se le revolvían, su hermano Vladimir las dejaba caer encimadas como pilotes para levantar un puente que ella no consigue figurarse.

—Basta de discutir —interrumpe Volodin—. Ya me han dicho dónde está el Padre Gapón, vamos.

Se enfilan hacia el río, una parte baja que es muy propensa a inundarse y que se conoce como El Refugio, donde los trabajadores de los molinos, los hornos y otras industrias conviven en miserables casuchas improvisadas carentes de servicios públicos (el mundo que retrata Gorki). Cruzan el Campo Refugio, que podría ser un parque para los juegos de niños y es un tiradero de basura, lugar de vivienda y reunión de los parias.

Miles se han congregado en la iglesia de Nuestra Señora del Perdón, hombres, mujeres, niños. El Padre Gapón arenga en el podio:

—¿La policía y los soldados se atreven a detenernos?

—¡No se atreverán! —replican casi a gritos los asistentes.

—Camaradas, ¿es mejor morir por nuestras demandas que seguir viviendo como hemos hecho hasta hoy?

—Moriremos.

—¿Juran morir por nuestra causa?

—¡Juramos!

—Los que juran, que alcen la mano.

Miles de manos se levantan.

—Camaradas, ¿y si los que hoy juran se arrepienten mañana y no nos acompañan?

—¡Los maldecimos! ¡Los maldecimos!

El Padre Gapón pasa a leer la petición que llevarán al día siguiente al Zar, al Palacio de Invierno, se detiene en cada frase y la grey corea la línea —se las saben ya todas de memoria, como:

—Hemos venido a verte a ti, Señor, para buscar justicia y protección.

La multitud lo repite.

—Hemos caído en la miseria, se nos oprime, se nos aplasta con trabajo por encima de nuestras fuerzas, se nos insulta, no se nos reconoce como seres humanos, se nos trata como esclavos —palabra a palabra, corean lo que el Pope dice.

Aquí y allá se detiene el Padre Gapón para preguntar a la multitud:

—¿Es esto verdad, camaradas?

Asienten bramando, muchos levantan las manos y hacen con sus dedos la señal de la cruz para indicar que esas palabras que pronuncia el Pope conforman una demanda sagrada.

Gapón pasa a dar instrucciones:

—Todos deben vestir sus mejores ropas. Traigan a sus mujeres y a sus niños. Nadie debe llevar una sola arma, incluye esto las navajas. No se tolerarán banderas rojas, ni siquiera pañuelos rojos. Acudan en cuanto suenen las campanas de las iglesias, traigan cruces e íconos, y retratos del Zar; pídanlos de los templos y las oficinas.

Pausa. Gran murmullo. Sabían lo de la ropa y la prohibición de armas o banderas rojas, pero cruces, íconos y retratos del Zar es novedad, los murmullos son para ponerse de acuerdo y encontrar cómo; si el Pope lo pedía, los tendrían que llevar.

—¿Y si el Zar se niega a oírnos? ¡Entonces no tendremos Zar! ¿Y si el Zar se niega a oírnos?

—¡Entonces no tendremos Zar!

Rutenberg —colaborador cercano del Padre Gapón y su único amigo, porque son cientos de miles sus seguidores, pero sólo con él hay amistad— sube a su lado y habla:

—Tal vez nos ataquen. Daré ahora las indicaciones de dónde encontrarán armas para protegerse…

Lo abuchean gritando:

—¡Nadie debe llevar una sola arma!

—¡Apostasía!

—¡Eso es herejía!

—¡Al Zar no se le toca!

Otro de los lugartenientes del Padre Gapón brinca al podio y dice:

—¿Es posible acercarse a Dios con armas? ¿Es posible acercarse al Zar con animadversión o sospecha?

La grey corea:

—¡Es apostasía! —los gritos de nuevo llenan el recinto.

Es tanta la multitud agolpada que las velas se apagan por falta de oxígeno.

Gapón retoma la palabra, Rutenberg asiente entusiasta a su mensaje de paz, como un recién convertido. Gapón calma los ánimos. Rutenberg baja del podio. Gapón recalca el espíritu pacífico y religioso de la marcha que empezará en unas horas. Reza una plegaria. Canta y hace cantar a toda la audiencia un canto religioso. Después pregunta:

—¿Alguien llegará armado mañana? ¿Alguien lleva armas el día de hoy?

—¡Nadie!, ¡nadie! —grita a coro la multitud.

—Todo esto es bueno. Nos acercaremos al Zar sin llevar una sola arma.

El Padre Gapón —que ya tiene la voz ronca de repetir el llamado decenas de veces en las áreas industriales y la periferia de la ciudad— baja del podio, seguido de sus lugartenientes. Un joven toma su lugar y repite las palabras de Gapón a la gente:

—Camaradas, ¿la policía y los soldados se atreven a detenernos?

—¡No se atreverán!

—Camaradas, ¿es mejor morir por nuestras demandas que seguir viviendo como hemos hecho hasta hoy?

—Moriremos.

—Camaradas, ¿juran morir por nuestra causa?

—¡Juramos!

—Camaradas, ¿y si los que hoy juran se arrepienten mañana y no nos acompañan?

—¡Los maldecimos! ¡Los maldecimos!

—Camaradas, ¿y si el Zar se niega a oírnos?

Mientras, Volodin, Aleksandra y Clementine se abren paso hacia el frente, con dificultad se desplazan entre la apretada multitud anunciando que traen un mensaje importante para el Padre Gapón que deben entregarle en persona. Llegan a su lado cuando él está dejando la iglesia por una puerta lateral.

Clementine se le acerca y lo ve a los ojos. Le dice: "Esto es sólo para sus oídos, viene directo de Vladimir" —y suelta las tres palabras secretas que son el código—. El padre Gapón le toma la mano y se aleja de su grupo un paso al lado para escucharla. Con señas indica a sus hombres formen un cerco para poder escuchar en relativa privacidad lo que es sólo para sus oídos, las espaldas hacen con rapidez un cerco.

El Padre Gapón se inclina para oírla, Clementine acerca su cara al oído del religioso ucraniano:

—El Zar no los recibirá en Petersburgo, Padre Gapón. Se lo han dicho claramente a Vladimir. Sólo regresó él, no soltaron a los otros mensajeros, los tomaron rehenes. Vladimir me pide le transmita que el Zar no volverá mañana, que no recibirá el pliego petitorio.

El Padre Gapón se endereza, y dice en voz alta.

—Jovencita, lo sé todo.

—Y hay algo más, Padre —aquí Clementine no se cuida de bajar la voz—, el centro de la ciudad está tapizado de carteles con un nuevo decreto prohibiendo las manifestaciones, so pena de muerte.

El padre Gapón hace un gesto con la mano, dándole a entender que ya lo sabe y que no tiene la menor importancia. Clementine le contesta casi a gritos:

—No haga marchar a la gente, Padrecito. ¡Su mensajero le dice que el Zar no los recibirá, la policía le advierte que matarán a su gente!, ¡usted quiere llevarlos al patíbulo…!

Con los ojos, el padre Gapón fulmina a Clementine, con la mano la bendice en un gesto grandioso, y de inmediato le da la espalda, regresando a su contingente, mientras los lugartenientes corean:

—Una loca, ¡Señor, ten piedad de ella!

—No, no es loca, ¡es un agente de lo más corrupto del régimen!

Arropan a Aleksandra mientras expulsan a Clementine del círculo del Pope. Volodin queda al lado de Clementine e instintivamente la protege, la toma del brazo y echan a andar.

Apenas dejan atrás la multitud, Clementine maldice en voz baja, "¡Maldita bomba! Debió estallar, debió estallar", y a todo pulmón:

—Mi bomba no iba a matar a nadie intencionalmente. El Padre Gapón, en cambio… no es sólo que juegue con fuego, los está llevando a…

Y Volodin piensa "Sí, en verdad Clementine ya perdió la cuerda, se nos está volviendo loca; el Padre Gapón es el ser más bueno del mundo".

—Aquí te dejo, Clementine, tengo que volver por la hermana de Vladimir, me la confió Giorgii…

14. Nuestro gran momento

Al momento en que su mensajero confiable, Vladimir, salió con el mensaje para el Zar hacia Tsárskoye Seló, el Pope Gapón llamó a sus colaboradores cercanos:

—Se acerca nuestro gran momento. No se lamenten si hay víctimas. No nos enfilaremos hacia los campos de Manchuria, pero si aquí, en las calles de la ciudad, llega a correr sangre, ésta preparará la tierra para el renacimiento de Rusia. No me recuerden con malos sentimientos. Demuestren que los trabajadores no sólo son capaces de organizar a su gente sino también de dar la vida por la causa.

Sus palabras causaron una gran emoción, y en varios de ellos surgió por primera vez el miedo, pero lo contuvieron porque el Padre Gapón solía ser demasiado enfático. Como si su tono hubiera sido insuficiente, con la voz aún más grave, Gapón agregó:

—Nos vamos a tomar una fotografía antes de despedirnos.

—¿Por qué despedirnos? —este comentario era la gota que derramaba el vaso de su alarma— ¿Están en riesgo nuestras vidas?

—No, no, no. Recuerden que les he dicho que el General Fullon ha prometido no tomar a ninguno preso. Ustedes están todos a salvo. Pero mi suerte está echada. Me espera la prisión o la muerte.

Así intentara tranquilizarlos, había abierto la caja de Pandora del temor. Estaban ya informados, el destino de su pacífica marcha era más turbulento de lo que habían previsto. Rutenberg, el amigo de Gapón, fue el único que tuvo la suficiente cabeza fría como para tramar por si ocurría un desenlace temible.

Esto ocurrió hace una semana.

15. Con el Padre Gapón

Tras el incidente de "la loca" Clementine, el Padre Gapón recibe a Aleksandra con entusiasmo algo efusivo. "Es la hermana de nuestro Vladimir" —dice en tono convincente y en voz alta, hasta donde se lo permite su ronquera porque después de haberse dirigido a las multitudes en decenas de lugares petersburguenses —iglesias, bodegas, fábricas, calles— tiene lastimadas las cuerdas vocales. Repite "Vladimir, Vladimir" para que los más cercanos repliquen el nombre y quede explicado su entusiasmo por la llegada de la joven, así instruye sin deletrearlo que deben acogerla, darle fuerza en lo que regresa su hermano de la misión que le ha encomendado "la causa".

No hacía mucho, el Padre Gapón había explicado: "A Vladimir lo retienen los subordinados del Zar, tumores malévolos que rodean a nuestro Padrecito". Lo había dicho, y bien claro, aunque tenía noticia precisa de que Vladimir había regresado, de que el Zar no quiso recibir su mensaje, de que la policía retuvo a los compañeros de su mensajero. Clementine no le dio ninguna noticia fresca.

El Padre Gapón conoce, y bien, a Aleksandra, por otros motivos que sólo ser la hermana de su mensajero. Sabe que es protegida de Elizabetha Naryshkina, dama de compañía de la Emperatriz, cortesana fiel a su monarca y gaponista de hueso colorado a quien el Pope procura con celo, porque es su contacto con la Zarina. Esto debe permanecer secreto entre sus seguidores, no necesita hacer pública su alianza con la Naryshkina. La cuida tanto que no la ha querido involucrar ahora, no ha presionado para conseguir que la Zarina intervenga y promueva que el Zar los reciba. No querría fricción alguna con esa alianza.

Lo segundo es que Aleksandra creció en el orfanato donde Gapón literalmente reinó durante un tiempo. Gapón había sido el sacerdote a cargo del Segundo Orfanato de la Rama Moscú-Narva de la Sociedad de Asistencia para los Niños Pobres y Enfermos, al que la gente llama Orfanato Cruz Azu, cuando también era maestro del Orfanato Santa Olga. Por tener estos dos puestos, a Gapón le otorgaron una iglesia que en un santiamén llenó con sus seguidores, multitudes de miserables iban a escuchar sus conmovedores sermones a los que pronto se sumaron interesados en la justicia y activistas políticos de diversas clases. Sus sermones causan fervor, el estilo en que celebra los ritos, informal y conmovedor —permite que los fieles canten las oraciones con tonadas de canciones populares y los insta a pasar la mayor parte del tiempo de rodillas—, consigue un efecto de grupo, de solidaridad, de entusiasmo, de fervor no sólo religioso, también social, y, según sus detractores, de algo que raya en fanatismo. Es tan magnético que incluso los no creyentes asisten a su iglesia, como aquel socialista demócrata, que en breve se convierte en uno de sus aliados, que explicara que nunca había escuchado un servicio religioso como el de Gapón, "es un verdadero artista, con su mirar hipnótico y magnético, parece verlo todo y traspasarlo; su rostro iluminado, su gesticulación tan afable y tan profunda, su espléndida voz de barítono a la que él infunde un entusiasmo que se contagia en la audiencia; si reza por un muerto, todos lloramos; si arenga por la justicia, todos nos sentimos sedientos de justicia; si celebra por un nacimiento o un matrimonio, la grey ríe y llora de felicidad, y yo con ellos, aunque yo no soy creyente. Al verlo, sólo quiero seguir viéndolo y oyéndolo, y quiero seguir escuchándolo, aunque repita una y otra vez frases que todos nos hemos aprendido ya de memoria. Es un fenómeno, Gapón es un fenómeno".

Lo tercero, por último, es que Aleksandra es íntima amiga de la jovencita que el Padre Gapón sacó del orfanatorio cuatro años atrás. Llevó a la chica, Sasha Uzdaleva, a cohabitar con él, casi niña. Sasha es hasta la fecha su compañera, su concubina. Así le tuviera prohibido visitar a Aleksandra —temía que por ser protegida de la Naryshkina hiciera correr información sobre su privacidad en los círculos de la corte zarina—, Gapón sabía que en cuanto podían se procuraban para conversar. "¿Pero de qué tanto hablas con Aleksandra, Sasha?, es una mujer tan poco interesante". "De cosas de mujeres, de eso hablamos ella y yo". Aleksandra visitaba a Sasha cuando tenía algún excepcional día de descanso —no abundaban, Annie Karenina dependía para todo de ella—, aunque su cerco fuera celoso, no tenía cómo hacer efectiva la prohibición absoluta. Pero sí tiene control, sabe de todas las entrevistas y encuentros de su amasia Sasha, porque Gapón fue un buen aprendiz durante su larga relación con Serguei Subatov, el jefe de la policía secreta (la Ojrana).

Sobre todo por su amistad con Sasha, Gapón quiere a Aleksandra a tiro de piedra. No la dejará dar un paso sin que la vigilen sus propios ojos. Aunque, claro, también a su debida distancia: Gapón piensa en la posibilidad de que alguien les tome una foto, de que la Princesa Elizaveta Naryshkina, dama de la corte de la zarina, sospeche que el Padre Gapón enlaza a su protegida con los de la Asamblea, se armaría un alboroto en círculos cuyos alcances provocarían una avalancha que no está en posición de poder enfrentar.

16. Clementine sigue la noche

Clementine deja su corta entrevista con el Padre Gapón en un ánimo fiero. ¿A dónde ir? Toma la decisión inmediato, y se le hacen agua los minutos de camino a la guarida de sus cómplices, los camaradas de su círculo anarquista. No había pensado acercárseles, ninguna gana de ver a los procuradores de su fracaso. ¿Quién fue el imbécil que preparó mal la bomba que no voló rieles y tranvía? Pero tras el encuentro con el Pope Gapón necesita con urgencia su compañía.

El grupo de cómplices es pequeño y en nada parecido a las multitudes que rodean al Padre Gapón: recelan de toda autoridad, disgustan de la ceremonia, descreen de cualquier dios y de cualquier líder (incluyendo a Clementine) con una intensidad algo fanática pero de ardiente irreverencia (incluso procaz).

El círculo se llama Stenka Razin, para honrar al líder de bandidos, insurrectos, fugitivos, el "Daré rienda a la furia", un héroe cosaco que se enfrentó al Zar, a los persas, a los tártaros kalmukios y que fue leal únicamente al Río Volga y a quien consideraba su madre, Rusia.

Buscar nombre para el círculo fue un largo debate, porque para cualquier punto les cuesta ponerse de acuerdo. Alguien propuso se llamasen Grupo Sansón, pero Clementine alegó que por qué como aquel hombre al que ya le habían sacado los ojos cuando tiró las columnas del templo para acabar con los filisteos y se autosepultó, "Su ¡muera yo con los filisteos! es el acto de un ciego". Su proposición fue llamarse "Las Trescientas Zorras", aquellas que cazó Sansón, las amarró de sus rabos, les puso un hachón en ellas y las soltó libres, incendiando los campos de sus enemigos. Pero el nombre de zorras no tuvo el menor consenso. Stenka Razin concilió los ánimos, y con ése quedaron.

En las reuniones preparatorias para la primera propaganda de hecho del círculo, Clementine propuso colocar la bomba a un costado de la fortaleza donde aún estaban presos un par de legendarios rebeldes, pero lo descartaron por considerarlo, si no imposible, absurdo, "¿y a quién le va a importar? Debemos herir la vida civil, no donde están los confinados; sería correr un riesgo absurdo". Ella respondió: "Riesgo no existe para nosotros, ¡viva Nisan Farber!" —Nisan Farber es aquel anarquista que apuñaló a un empresario rompehuelgas y después puso la bomba en la estación de policía con la que mató a algunos, incluyéndose —. Después, Clementine sugirió poner una bomba al caballo del Zar Pedro, y la reacción fue "¡De ninguna manera, sólo nos traerá enemigos, es el símbolo de la ciudad!", "¡Pero si la ciudad no tiene nada que ver con esta figura!", "Eso lo dices tú,

Clementine, porque vives en Babia, pero los petersburgueses creen que es el símbolo de la ciudad". Ella pensaba en la ciudad y lo que le venía a la mente eran los barrios cercanos al puerto, el anillo que la rodeara con un cerco de miseria, donde vivían los trabajadores, ¡no la estatua a media plaza! "Por lo mismo, debemos cambiarle el símbolo, tornar a Petersburgo en la ciudad de todos", pero no convenció a nadie. Alguno sugería un Café, otro un Hotel, no se ponían de acuerdo. Tampoco acordaban si la bomba debía ser suicida para garantizar su éxito, "No hay otra manera, el error es…". Clementine creía, y en esto era la única, que no había que llevarse vidas inocentes, que lo importante era atraer la atención, provocar y hacer que las aguas corrieran hacia su causa, esquivando a colaboracionistas, infiltrados y corruptos.

Por fin, coreando un "¡Viva la anarquía!", llegaron a un consenso de lugar y estrategia. Sería en los rieles que descansan sobre el río helado, esto acarrearía la atención de buena parte de los petersburguenses. No sería una bomba suicida —aunque la empresa podía serlo—, porque quien la plantaría sería Clementine, y por ser mujer no se podía, etcétera etcétera. Pensaron y calcularon mucho, pero no la probabilidad de que la bomba no funcionara…

Clementine llegó a la enfebrecida reunión de sus cómplices. Entrando escuchó:

—No tiró del detonador, sin duda.

Ella brincó en su defensa:

—Claro que tiré del detonador, si no la bomba no habría hecho el ridículo que hizo. Fue un minúsculo estallido. Sólo porque tengo oído de tísica me di cuenta de que ocurría. Créanme, sonó como si una cuchara cayera de su mano al piso.

—No fuiste la única que lo oíste…

—Pero no pudieron saber de dónde provino…

—Nadie sospechó que en el tranvía había una bomba…

—No hubo investigación…

—¿Están seguros? —Clementine.

—Absolutamente. De primera fuente es el informe.

—Es que no estalló…

—¡No estalló!

—Que les digo que sí… —de nuevo Clementine defendiéndose.

—No, Clementine, no estalló… ¡se pedorreó!

—¡Pedo de bomba!

—¡Buena flatubomba nos echamos!

Los anarquistas se echaron a reír. Los nervios contenidos los volvieron por un instante un puño de locos, no de activistas.

—Ya decía yo que la única manera es plantando en uno mismo la bomba.

—¡Sueño fútil! —opina Clementine—. Si me la hubiera hecho estallar abrazándola, ni siquiera me hubiera desgarrado el vestido. El problema fue la bomba. No estaba bien hecha.

17. En la cocina del Palacio Karenin

En la cocina del Palacio Karenin están reunidos los del servicio, excepto Kapitonic, el viejo, portero impasible. En inusual y ansiosa agitación por la escapada de Aleksandra, hablan todos, nadie oye a nadie. Subiéndose las frases de unos a las de otros, el tono no es de lamentación o de celebración, sino de alarma. Por la agitación, dejan salir del pecho cosas en total impudicia, porque aquello rebasa la franqueza. Aquí y allá los diálogos comienzan a darse:

—Dirán lo que quieran, pero la señora Karenina era un pan de dios. Murió por causa de las gotas de opio que bebía para poder dormir. Pobrecilla, no encontraba alivio a su tormento… Cada noche tomaba más gotas.

—El opio mata.

—Eso no fue lo que la mató, sino lo que hacía para no tener hijos. Eso fue lo que acabó con ella —dice la vieja cocinera.

—¿Qué hacía para no embarazarse? —esta pregunta no es inocente. La jovencita que la formula (Valeria) no quiere hijos, sin antes saber que no los condenará a la miseria. Para esto, Valeria se quiebra el lomo, pero es en balde, intentar ahorrar pero su esfuerzo no la lleva a ningún lado, cada vez más caro el transporte, el sueldo de su marido (el buen marino Matyushenko, a bordo de un submarino) no llega con regularidad, su mamá está enferma...

—El único que sabe qué diantres hacía la señora para no llenarse de hijos es Kapitonic —de nuevo la vieja cocinera.

—¿Cómo crees que lo va a saber Kapitonic? ¡Imposible! No es cosa de hombres.

—Dicen que él salía a comprárselo, que la señora sólo confiaba en él —la cocinera.

—¡Pero eso es falso, falso de toda falsedad! Porque cuando ella vivía en casa, no usaba esos ungüentos.

—¿Eran ungüentos? —de nuevo, la jovencita, Valeria, intercede para que se detengan en el punto de su interés. Muchas veces ha pensado, mientras lava los pisos, que "la señora", como llaman a Ana Karenina, aunque debió "cambiar de piernas" (la expresión es de su marido, "anda, bonita, vamos a cambiar de piernas", o "préstame un cambio de piernas", o "aquél ya anda cambiando piernas" con ésta o con la otra) y no una, sino muchas, incontables veces con el Conde Vronski, sólo tuvo una niña en tres años de relación... y con Karenin no había engendrado sino un varoncito en quién sabe cuántos años... Para ella es obvio que la señora no se había llenado de hijos porque no quería tenerlos.

—¡No usaba nada, por Dios, nada de esas malignidades! ¡Era una señora!

—Entonces, ¿por qué no tuvo más hijos? —Valeria.

—Eso sí no sé. Además, Kapitonic no siguió a su servicio, siempre ha estado en esta casa.

—La señora era buenísima.

—Sí, lo era.

—¿Y de qué estamos hablando? —preguntó la cocinera— ¿Pues qué no estamos aquí porque se fue Aleksandra? Nada sabemos de ella. Con que no caiga en las manos de la policía secreta del Zar…

—¿Policía secreta? ¿La Ojrana? ¡Eso sí que es una ocurrencia! —dice riéndose Valeria, cándida, inocente e ignorante.

—Ninguna ocurrencia, considerando en qué andaba el hermano…

Es a su mención, como un acto de magia, que entra Vladimir. Irrumpe en la reunión de la cocina sin precaución, seguro de que nadie del servicio estará despierto a estas horas. No es la primera vez que llega de noche, abriendo la puerta de la cocina a la calle con la habilidad de su ganzúa.

Sabiendo que no puede retroceder, sonríe, repasa con rapidez a todos los asistentes a esta improvisada asamblea hogareña, y pregunta con voz de pichón, fingiéndola tímida e inocente:

—¿Y Aleksandra?

—¡Te fue a buscar! —la cocinera.

—¿A dónde?, ¿a dónde me pudo ir a buscar? ¡Estoy aquí!

—Donde estuviera el Padre Gapón, ¿dónde más?

Vladimir había quemado tiempo en las calles heladas. No quiso quedarse más en el taller donde antes laborara Clementine porque era verdad lo que ella dijo, si acaso alguien había escuchado el fallido estallido, si alguien la hubiera reconocido y la ligaran con éste, irían por ella.

Lo movía a salir, además, una curiosidad que quería satisfacer. Con cautela se aseguró de que nadie lo venía siguiendo, caminó arriba y abajo en la calle antes de dirigirse a ningún otro lugar. Después echó a andar sin dirección hasta que cuadras después enfiló hacia la estación del tranvía que corre sobre las aguas heladas del río Neva. A la distancia lo vio, varado junto al embarcadero, como un juguete olvidado. Se dijo para sí: "¡Intacto!, parece intacto".

Se acercó a la estación del tranvía. Otro hombre iba delante de él concentrado en sus pensamientos, no fue sino hasta que llegó a la ventanilla de la caseta que se dio cuenta ya no había servicio. En voz alta, dijo:

—¡Maldición! ¡Ya cerraron la caseta! ¡Por eso no hay nadie!

Giró sobre sus pies para regresar y casi topa con Vladimir, que fingía caminar distraído atrás de él.

—¿Qué pasa?

—Ya no corre el tranvía.

—¿Tan temprano? —dijo con tono inocente Vladimir— ¿No estará dormido el conductor?

Vladimir tomó al hombre del brazo y caminaron por el embarcadero hacia la puerta del tranvía. Desde ahí inspeccionaron su interior. El tranvía estaba intacto y vacío. Vladimir escrutó con la mirada, revisó con especial cuidado. No había ni huella. Pensó para sí, "¡No activó la bomba! Por algo Nisan Farber se voló a sí mismo; Nisan Farber…". La idea le ardió en la sangre. "Mi Clementine…"

—Tendré que cruzar el puente a pie —dijo su improvisado compañero—. ¿Vamos juntos?

—¡Buena suerte! Iré después.

Se despide con un gesto y emprende en dirección contraria. Aún no está preparado para retirarse al Palacio Karenin a pedir a su hermana asilo por esta noche. No puede acercarse a ningún enclave gaponista. En la Nevski se asoma a la reunión sabatina de una célula de comunistas que tiene por lema "Valientes hasta la locura, dispuestos a tomar el cielo por asalto". Recibidos y protegidos por el hijo de un exministro del Zar Alejandro —el Libertador, el emancipador de los siervos—, fue por ellos que conoció a Clementine, cuando ella aún laboraba en el taller, cuando se conformaba con organizar a las costureras para que demandaran sus derechos, antes de que la tomaran presa.

La última vez que Clementine asistió a un cónclave de la célula "El cielo por asalto", se despidió diciéndoles: "Si ustedes quieren el asalto, revertirán los órdenes sólo para regresarles el golpe. Lo pertinente es tomar al cielo con las manos. ¡Al cielo con las manos!". Los comunistas la escucharon dándola por loca, pero en cambio Vladimir cayó a sus pies. O cayó en sus manos…

Vladimir se presenta, lo reciben sin ningún aspaviento, como si siguiera siendo un asistente regular. Se sienta a escuchar en qué están. Algunos argumentan que no deben sumarse a la marcha del día siguiente que preside el Padre Gapón, otros que sí —entre éstos hay una mujer, Alexandra Kollontai. Habla de tal manera que lo conmueve y quiere él dar su opinión, pero no le dan la voz, ha perdido su espacio aquí, no tiene derecho a hacerlo, ni a votar —tampoco a lo segundo la Kollontai, que para entonces ha salido hacia otra reunión—. Vladimir presencia la votación, los que no querían tomar el cielo con las manos marcharán con los gaponistas al día siguiente, "y no a asaltar", pensó Vladimir", "a mendigar". Se dio cuenta de que era su Clementine quien hablaba en su conciencia.

Después de ver terminada la votación y escuchar qué lugar elegían de punto de encuentro, vagó un rato más por las calles y se dirigió al Palacio Karenin, donde lo hemos visto entrar.

18. ¡Moriremos!

El Padre Gapón, rodeado de su halo de seguidores, dirige la última arenga que dará en esta fecha. Con la voz ronca, repite "Soy cura sólo en la iglesia. Aquí soy una persona como cualquier otra". Los que lo acompañan se lo han oído decir mil veces, en la exaltación no puede callar, ni sus adictos quieren lo haga.

Aleksandra lo sigue un paso atrás. Zozobra. No sabe nada de Vladimir, le dicen que no se preocupe, pero no le precisan nada concreto. Siente remordimientos de haber dejado el Palacio Karenin sin autorización, "¿y para qué?", se reclama, "si de cualquier manera no estoy buscando a mi hermano...", tiene temor de perder su trabajo, pero sobre todo quiere saber qué es de su hermano.

—Tengo que ir a buscar a Vladimir —dice, insistiendo.

Pero la respuesta que le dan es la misma: Vladimir está bien, no hay nada de qué preocuparse.

—¿Lo veremos adonde vamos?

—No es probable, pero todo es posible. Tranquila, está bien.

Llegaron al lugar, territorio de mendigos, entre casuchas y hogueras improvisadas, la multitud al aire libre. Acomodaron a Aleksandra en la primera línea, rodeada de los hombres que venían custodiando a Gapón, sus lugartenientes. El Padre Gapón repite el mismo discurso que ha ido diseminando a lo largo del día ("Hemos venido a verte a ti, Señor, para buscar justicia y protección", la multitud lo repite, "Hemos caído en la miseria, se nos oprime, se nos aplasta de trabajo por encima de nuestras fuerzas, se nos insulta, no se nos reconoce como seres humanos, se nos trata como esclavos… ¿Es esto verdad, camaradas?"). El único amigo del Padre Gapón, Rutenberg, de nueva cuenta sube al podio, propone las armas, se convierte al pacifismo. Siguen el mismo orden de la arenga anterior.

—¿Alguien llegará armado mañana? ¿Alguien lleva armas el día de hoy?

—¡Nadie!, ¡nadie!—grita a coro la multitud.

—Todo esto es bueno. Nos acercaremos al Zar sin llevar una sola arma.

Aleksandra se deja llevar, siente el fervor de la multitud enardecida, y esto la prende, queda unida a la posesión colectiva. Sin poder ni asombrarse, ya está gritando a coro con la multitud enfebrecida: "Moriremos", "¡Juramos!" y "¡Los maldecimos! ¡Los maldecimos!".

19. La cena de los esposos Karenin

La conversación de los esposos Karenin se prolonga hasta la madrugada. Ésta no tiene nada que ver con la calidad extraordinaria de un retrato al óleo que, sobrepasando la fidelidad, muestra con su factura los detalles únicos de un ser específico. El lienzo, con honesta persuasión, toca valiente los conflictos y las contradicciones de una persona, resolviéndolos en la imagen. Atractivo, como lo fue su modelo, lo es por razones distintas. Está dotado del don de la belleza, como Ana lo estuvo. Pero en Ana la belleza invocaba a la conquista, era irresistible para los que fueran sensibles a su atractivo. Aunque el lienzo sea escrupulosamente fiel al modelo original, no opera así. Delicado, invita a contemplar el color, la tela, la hechura, y un ser hipotético, hermoso pero sin el imán sensual de su modelo, provocando en el espectador una reflexión introspectiva. Es un clásico. Su creador —Mijailov— no imaginó ni por una fracción de segundo lo que conseguía al pintarlo. Sobrepasaba su ambición, con mucho. Supo que hacía un buen trabajo, se dio por bien pagado con el dinero que recibiría a cambio. Eso era todo —pero ese todo es nada en esta pintura vertiginosamente hermosa.

Durante la conversación, Sergio detalla los motivos que tiene para no soportar la idea de ver el retrato de su madre expuesto y en la boca de cualquier petersburgués. Claudia blande argumentos para disuadirlo. En algún momento de la noche, Sergio dice que aceptaría se exhibiera si lo muestran como "Retrato de una mujer", sin decir la identidad de su modelo. Claudia argumenta que el escándalo debiera tenerles sin cuidado, "Será ése o será otro; la gente se hace lenguas de cualquier cosa porque no tienen qué hacer; desidiosos y holgazanes descuidan a sus hijos, viven en habitaciones abandonadas, se ocupan sólo de los chismes y murmullos maledicentes", y que en cambio pueden vender el retrato y comprarse algo importante como… "¿un barco?, ¿un automóvil, de motor, como los del Príncipe Orlov?", le preguntó para distraerlo, "¿tierras en Texas?", "¿una villa en Italia?". La pintura podría alcanzar tal precio que haría accesible cualquier sueño. Además, congraciándose con el Zar al prestarla para la exposición, y haciéndoseles presente, es posible que Sergio obtuviese el puesto en el ministerio que tiene tiempo deseando. Y tras el puesto, varias condecoraciones. La pintura será una ayuda para la carrera de Sergio, no una molestia.

Los argumentos de Claudia y su estrategia sirven para desenganchar el pudor de Sergio, y el cansancio termina por regalarle a ella la partida. Decide Claudia: el correo saldrá por

la mañana agradeciendo la invitación a que la
pieza fuese parte de la colección imperial, siempre y cuando un experto en pintura lo evalúe
para saber si tiene méritos artísticos suficientes
para gozar del honor de ser exhibida en tal museo. Si no es una gran pintura, la tela no mere-
cerá ingresar a la colección imperial.

Segunda parte
El Domingo Sangriento
(9 de enero)

20. Annie Karenina sin Aleksandra

En casa de Annie, la jornada del domingo empieza en total desorden. La ausencia de Aleksandra trastorna a los habitantes del palacio Karenin. La habitación de Annie se convierte en punto de peregrinaje: nadie puede encontrar el lazo de la falda, o el sombrero del tono indicado, o el fondo que hace juego, o el cuello, o la blusa, o el vestido. Cambian a Annie de ropas cuatro veces, sin conseguir armarle el atuendo completo. El tiempo corre, entran y salen a su recámara éstos y los otros, y Annie sigue sin vestirse. La cocina no da por terminado el desayuno. Es domingo y nadie puede salir al rezo. El más abatido es Kapitonic, no sabe cuándo debe acercarse a la puerta, las rodillas ya le duelen de esperar sin sentarse un rato en su cuarto.

Aleksandra, que en efecto tiene virtudes, es en extremo desordenada. Lo suyo es el caos, en él, como un pez en el agua, da con los objetos sin batallar, pero cualquier otra cabeza se ahoga en su torrente sinsentido; quien busque encontrará el son de guerra de las cosas: donde hay un par de zapatos puede esconderse una mantilla; donde un corpiño, el peine; donde una falda, el calzón, donde el cinturón, el frasco de tinta para escribir las notas de visita. Y aún nadie intenta siquiera peinar a Annie, ahí Aleksandra es canela en rama.

21. La respuesta de los Karenin al Zar

Ese domingo 9 de enero a primera hora, después de desayunar, Claudia contesta al escritorio del Zar en un estilo que en verdad está muy lejos de ser directo y fresco. Su carta dice que nada los haría más felices que ver el retrato de Ana Karenina en la colección imperial, "un privilegio imponderable". Que consideran, por honorabilidad, que, al ser el Hermitage "sin duda la mejor colección de pintura del mundo" (buena era la colección, pero la frase es por adular), incapaces de juzgar si la pintura tiene algún valor artístico, hacen la petición de que algún experto la revise y juzgue. El lienzo está a su total disposición para que, quienes consideren capaces de evaluar si merece el honor, accedan a verlo.

La nota es elegante (no hablan de dinero, pero lo dejan entredicho), y casi gusta a Sergio, por la dignidad de ésta, y porque da espacio a la negativa del Zar. Podría ser que la pintura sea ínfima, indigna en verdad, y sin ningún valor, artístico o financiero, excepto por el chisme, y en ese caso no sería necesaria que dejase su resguardo. Con suerte —piensa Sergio— se quedará de cara a la pared, como un infante castigado, donde le dice Claudia que está viviendo.

Marido y mujer firman la carta. Al pie de la firma y a un lado, Claudia añade, con letra más suelta, una pequeña nota: "No pasó un día sin que Papá recordara al Emperador, siempre con inmenso respeto, admiración y cariño", y dibuja sus iniciales de soltera, parodiando la firma del Embajador su padre. Otro gesto de lambisconería o de diplomacia.

Sea el día que sea, temiendo Sergio caiga de nuevo en su natural indecisión, Claudia da instrucciones a un lacayo de casa (Piotr): debe llevar inmediato la contestación a las oficinas zarinas, atención "Escritorio del Zar", asunto: "Retrato de Ana Karenina, pintado por Mijailovich". De esa manera, Sergio saldrá de su zozobra —y ya no podrá arrepentirse.

22. Piotr

El lacayo de los Karenin, Piotr, vestido muy de domingo para asistir a la Santa Ofrenda —"Iré a la Catedral aprovechando el viaje"—, para ir a chismear con sus amigos, única ocasión de la semana porque, como su patrona siempre lo trae corriendo, corre y corre pasa la vida. Quiere dejar el correo cuanto antes, librarse de esto y salir pitando a la iglesia. Así que se suelta a correr, sin prestar atención absolutamente a nada. Irá primero a entregar el de la oficina del Zar —le gusta la idea de entregarlo en el Palacio de Invierno mismo—, después el del segundo secretario.

A Piotr le gusta cantar. Al tiempo que corre, aunque no tenga una gota de vodka en las venas —no es usual, por el control que lleva Claudia, su vigilancia es estricta—, canta a voz en cuello una de su invención, o eso cree él, usando una tonada muy conocida, cambiándole al vuelo las palabras:

Yo llevo un mensaje al de Invierno,
lo llevo, lo llevo.
Yo llevo un mensaje al de Invierno,
lo llevo, lo llevo.

Muy inusualmente se le reúnen pronto tantas voces, las más de niños, que su canto improvisado queda fijo —eso no es lo suyo, siempre cambia las letras al camino:

¡Yo llevo un mensaje al de Invierno,
lo llevo, lo llevo!

Pero aunque le hayan cortado las alas a su invención, Piotr va feliz, cantando, con el coro que se le ha pegado se siente en el cielo. Como es canto repetido, la cabeza se entretiene pensando en otra cosa, y lo que piensa es lo que tiene frente a sus ojos, y en silencio, mientras sigue su canto, se dice, "Mucha gente en la calle, ¿por qué?, ¿porque es domingo?, ¿no es demasiada?", y canta, y canta, y entre la gente va encontrando cómo seguir rápido su camino, ya no tan a la carrera porque no hay cómo. Sus acompañantes de canto se le van quedando atrás. De pronto él va ya solo, y algo le dicta dejar de cantar. Alza los ojos: los cosacos del Zar, a pocos pasos, en alineación militar. Suspende su canto y se dice en voz alta:
—¿Qué estoy viendo? ¿Estaré borracho?
Los que tienen (y de sobra) vodka en las venas son los soldados que protegen el acceso a la Plaza de Palacio. Antes de ponerlos en la calle les dieron triple ración.
—¿Por qué la formación? —se pregunta otra vez en silencio Piotr. Como viene tan

festivo, medio se burla de ellos: —¡Pobres sol-
daditos, tienen frío! —gesticula con los brazos
doblados, como si fuese un pollito interpreta-
do por un niño: —¡Brrr, brrr!

Se continúa acercando. El jefe del pelo-
tón que siempre está en la puerta del palacio, lo
reconoce. Le grita:

—¡Piotr! ¡Atrás! ¡Hoy no se recibe correo!

—¿Atrás?

Ninguna gana le da de echarse atrás. Eso
quiere decir que se quedará sin su visita a catedral, que es decir sin chismes, y sin rezo. "¿No
me van a dejar pasar?", piensa, entre preguntándose y exclamando. "¿Cómo que no? ¡Vengo
del palacio Karenin!", lo que no es muy preciso, porque él no venía de ahí, sino de casa de
Sergio y Claudia. Pero el Palacio Karenin suena mejor cuando uno está a algunos pasos del
Palacio de Invierno. "Malas, malas nuevas... O
no", piensa, "¡Se me hace que son buenas! Me
quedo aquí hasta que me reciban el correo; así
tengo justificación para no volver, y si no regreso no me vuelven a echar a la calle a correr llevando aquí y allá quiénsabequés".

—¡Atrás! ¡Retírate, Piotr!, ¡retírate!

El tono con que le dan la orden es tan enfático que Piotr piensa, ahora sí un pensamiento real y práctico, "¡Pero cómo no se me ocurrió
antes! Voy a dejar el correo a otra oficina del
Zar, para hacerlo no tengo que viajar a las pro-
vincias". Piotr da la media vuelta, sale por piernas en dirección contraria, sabe perfectamente a

quién puede confiarle el correo en un día como éste, es cosa de la oficina de asuntos particulares, qué necesidad, si es domingo, "Que me lo selle el portero, de ahí me voy donde el pesado de Priteshko y quedo con mi domingo libre", porque, piensa Piotr, pero sólo por un fragmento de minuto, ya no le dará tiempo de llegar a la misa donde están sus amigos, pero encontrará dónde reunírseles… No le pasa por la cabeza que Claudia lo está esperando.

23. Las tres mujeres

Tenemos en las manos a tres Alejandras, y sólo hemos presentado a dos. Sus nombres tienen ligera alteración de ortografía, son Aleksandra, Alexandra y Alexandra. Aleksandra es la desordenada, con su hermoso cabello, mal peinado ese día por excepción, por no haberse acicalado en su propia habitación. Está Alexandra, Sasha, la amiga de Aleksandra, amasia del cura Gapón, con el cabello tan severamente anudado en la base de la cabeza que es imposible saber si es poco o mucho, o de qué largo lo tiene. Y está Alexandra Kollontai, el cabello corto, el mechón muy esponjado. Las tres Alejandras están vestidas con la misma severa propiedad, con el vestido de cuello alto, cubriéndoles el cuello. La calidad de sus tres vestidos es muy distinta, basta que el corte se parezca, dadas las circunstancias.

Alexandra Kollontai tiene 33 años, la edad de Cristo. La otra Alexandra, la bella Sasha (la amasia del Pope) y Aleksandra (la ayuda de cámara de Annie Karenina) tienen 17. Pero aunque tengan la misma edad, parecería que no. A Sasha se la robó el Pope del orfanatorio cuando tenía trece años, se hizo mujer al lado de la fuerza de la naturaleza que es Gapón. Ha madurado del cuello a las rodillas, pero el resto de su persona no ha conseguido salir de sus trece.

A la Kollontai un puño de marchistas la llama "la maestra de marxismo". A la Aleksandra de Karenina, otro puño le dice "la hermana de Vladimir, el mensajero del Padre Gapón". A Sasha nadie la mienta, pero Gapón está por pensar en ella, agitando los puños.

La Kollontai (que hasta largas horas de la noche persuadió a comunistas a sumarse a la manifestación porque les sería propicio para su causa) marcha con su círculo de trabajadores bolcheviques. Aleksandra, en la primera línea —en la segunda va Gapón con sus lugartenientes—. En cuanto a Sasha, ella está en casa, por completo extranjera del momento solemne. No está rezando, como algunos aseguran. Este día quiere guisar remolachas, pero ¿cómo se cocinan las remolachas? Se las han dado de regalo a su marido. No tiene ni idea de qué hacer con ellas, ni a quién preguntar. Las ve con curiosidad, intentando descifrarles el secreto.

Así que, de las tres Alejandras, dos marchan, y una está pensando en un tema duro. La Kollontai dirá que "A partir de entonces todo sería distinto". Para Sasha no habría a partir de este día cambio alguno, seguiría lo de siempre, esperar a su marido (él llega a casa tan entrada la noche que la encuentra ya dormida, y no es raro el día en que salga antes de que ella haya abierto los ojos). Esperar, e intentar entender cosas que se le escapan. No tiene un pelo de tonta, porque la verdad es que la vida es algo inextricable, como bien dijo Perogrullo.

Para la otra Aleksandra —la hermana de Vladimir—, el cambio será total.

24. La impaciencia de Claudia

Ese domingo, Claudia piensa que cuanto antes deben tener el retrato de Mijailov accesible, por la probabilidad (aunque remota) de que la visita sea expedita. "Debe estar perfectamente bien expuesto, no quiero se quede para siempre en el ático".

El problema práctico es dónde poner la pintura. Claudia no tiene estudio. La biblioteca no tiene espacio libre. El salón azul, donde iría muy bien, no es buena idea porque a Sergio le gusta estar ahí, y Claudia quiere el retrato donde él no lo vea.

En cambio, Sergio usa su estudio rara vez. Para estar seguros de que no se encuentre con el retrato, habrá que blindarlo. Su segundo secretario, Priteshko, que viene a casa tres veces a la semana —los demás días está la jornada completa en el Ministerio—, es quien lo ocupa, para él el retrato no será ninguna carga. Priteshko le es detestable a Sergio.

—Voy a pedirle a Priteshko venga todos los días, prevenimos que no lo vea Sergio, ni por error.

Piotr, el mensajero, lleva también la nota para Priteshko, rápidamente la escribió ella por la mañana. Es una línea nada más, le pide se presente en casa el lunes a primera hora. Ella se lo dirá en persona: todos los días, de sol a sol —aunque en el invierno petersburgués, más preciso sería decir de noche a noche—, lo espera en el estudio de Sergio. Lo siguiente es informar a Sergio de que Priteshko tiene que trabajar en casa las siguientes semanas.

Piotr, el mensajero, es también el responsable de manipular la despensa y la bodega siguiendo las indicaciones de Claudia. El retrato está en un rincón de la bodega que maneja Piotr, y él no aparece —"¿Por qué no regresará?, puedo imaginármelo, a veces le sale lo cabeza de chorlito"—, pero a Claudia ya se le queman las habas.

Años atrás, recién casados Sergio y Claudia, cuando se mudaron a su casa, ella pidió las pertenencias de Sergio niño, muebles, baúles, juguetes, retratos y libros. "Para nuestros hijos, yo quiero que jueguen con lo que jugaste tú, que lean lo que leíste tú", "¿Pero para qué, Claudine?, fui un niño infeliz. Mi hijo (Sergio pensaba la paternidad en singular) tiene que ser un hijo feliz, no debe compartir nada de lo mío", "No fuiste infeliz, te volviste infeliz, que es distinto, pero no hablemos de eso". "No hablar de eso" es parte de la clave de su armonía marital.

Claudia no conserva nada de cuando era niña —por la vida que habían llevado, yendo de una ciudad a la otra, y por el modo de ser de sus papás que no estaban para ocuparse sino del vértigo de su voracidad (por esto pudieron dejar fortuna para sus hijos)—, de modo que puso celo en guardar cuanto pudo de la de Sergio.

Sólo se llevaron del palacio Karenin los recuerdos de la infancia de Sergio. Claudia supervisó que los objetos, muebles, pinturas y ropas se acomodaran propiamente en su nuevo hogar: los arrumbó en el ático. Los tres retratos de Ana Karenina apoyados contra la pared —el de Mijailov, el que el papá de Sergio comisionó antes (pendió en el estudio hasta el suicidio de la mujer), y el que Vronski dejó incompleto, un diletante—. Ahí vivirán lustros las tres locas del ático, porque desde la mudanza Claudia no ha vuelto a tocar esa parte de la casa. No habían sido "regalados por la suerte" —esas eran sus palabras cada que alguien les preguntaba por los críos—, por lo tanto no requirieron ninguna de esas cosas, ¿para qué hacerlo (también sus propias palabras), si "los días se hacen agua"?

A las 12 del día, Claudia, impaciente, decide ya no esperar a Piotr, el lacayo cantor. Con otros dos sirvientes entra a la cueva de los tesoros de la infancia de Sergio, en el ático.

Junto al pupitre de Sergio —donde él rayoneara de niño pequeños barcos y jeroglíficos—, Claudia ve una caja azul forrada en tela y un listón de seda. "¿Qué es esto?... Las mudanzas son así, las cosas en éstas se evaporan, se pierden, tardan en reaparecer". Sopla varias veces sobre la caja para retirarle el polvo; la toma, cuida de que no roce su vestido para no mancharlo.

En el último rincón, apoyados contra la pared, están los tres retratos de Ana Karenina. Cara a cara con la pintura de Mijailov (una obra maestra) está el intento que Vronski comenzó a pintar en Italia (un borrador malhechón). Y contra la pared el tercero, de un retratista desconocido, con Ana más joven. Claudia indica que carguen el lienzo de Mijailov y lo acomoden en el estudio de Sergio. Los otros dos quedan de cara a la pared, en su rincón.

Claudia abraza la caja azul, olvida que el polvo le arruinará el vestido.

—¿Cómo no me acordaba de esta cajita? ¿Qué tendrá?

25. Visitas inesperadas en el Palacio Karenin

Pasa la hora del paseo sin que Annie salga de su cuarto. El desorden de Aleksandra se ha apoderado del palacio entero. Nadie tiene idea de la hora —son más de las dos y media de la tarde pero las rutinas se han trastocado, algunos hacen lo de las 10, otros lo de las 13— cuando un puño de jóvenes entra por la puerta de la cocina, llevan cargando a alguien envuelto en una capa oscura.

La cocinera duerme en su silla, frente a la puerta. Es de esos viejos que parecen estar dormitando siempre porque cambian la largueza del sueño nocturno por breves siestas, también diurnas. Aunque han entrado procurando no hacer mayor alboroto, lo hay por la dificultad de cruzar la puertecilla cargando el cuerpo inerte. Despierta la cocinera.

—¿Y Aleksandra? —les pregunta, como si fuera de lo más normal ver entrar a su cocina a un escuadrón de malvestidos prófugos. Teme lo peor por la expresión, el aspecto de los jóvenes y el inerte que cargan.

—Necesitamos agua caliente y vendas.

—Un doctor sería mejor.

—No vendrá. ¡Vendas, agua!

—¿Y Aleksandra? Respóndanme, ¿Aleksandra? —insiste la cocinera.

—Yo los vi. Los cosacos del Zar se dejaron venir a todo galope contra nosotros, las espadas desenvainadas, las alzaron y dejaron caer repetidas veces. Corrimos los que pudimos. Los cuerpos que iban cayendo, partidos en tajo por sus filos, fueron su único escollo. Avanzaron, avanzaron...

El muchacho se echa a llorar.

Alguien relataría después, con más calma, que la multitud se dirigió hacia la plaza del Palacio de Invierno dividida en cinco contingentes, procedentes de diferentes puntos de la ciudad y de su periferia. Iban en silencio, con excepciones (como aquellos que cantaron con Piotr). Las procesiones de masa compacta tenían en sus dos flancos a los niños, correteando, imitando la compostura de los adultos pero inmunes a la solemnidad de la marcha.

El Padre Gapón presidía el Contingente Neva, al que pertenecían los que se habían presentado en la cocina del Palacio Karenin. Llevaba sus ropas de cura cubiertas con un sobretodo, porque ya pendía sobre él la orden de aprehensión (esa misma mañana, el gobernador de la ciudad le había pedido acudiera a la estación de policía para una conversación telefónica; entendió Gapón que era una trampa para tomarlo preso y se negó), sabía que sus horas estaban contadas, que lo querían asesinar. Por esto marchaba en la segunda línea. En la primera iban los líderes de los trabajadores más sobresalientes, notorios, devotos, valientes. Llevaban una enorme cruz y otras imágenes religiosas —las acababan de tomar de una capilla cercana, otros contingentes habían tenido menos suerte con las imágenes religiosas, los Popes se los habían negado en préstamo—, y retratos de los Zares que tomaron de las paredes del local de la Rama Neva de la Asamblea de los Trabajadores de Fábricas y Molinos de la Ciudad de San Petersburgo.

En esta primera fila marchaban también, entre otros, Vasiliev (el trabajador líder del Contingente Neva y representante ante la Asamblea), los dos guardias de mayor confianza de Gapón, y Aleksandra (la de Annie Karenina), puesta ahí por el Pope para no perderla de vista. Exacerbadamente nervioso, fatigado de muchos días, ella era como la gota que ha derramado el vaso de su ansiedad. Aleksandra marchaba con la emoción que había probado el día anterior, poseída del fervor comunitario. Al lado de Aleksandra iba Volodin, no por legítimo derecho sino por creerse su custodio, había dado su palabra a Giorgii.

A la gigante manifestación de trabajadores se habían sumado los desposeídos de la ciudad, los activistas, y también los estudiantes, aunque en el punto de reunión, cuando uno intentó hablar lo abuchearon, "¡No necesitamos estudiantes, no necesitamos estudiantes!".

Entre todos los contingentes sumaban más de doscientos mil. Cuando rompían el solemne silencio, rezaban a coro, cantaban al Zar (su "Padrecito") o entonaban el himno nacional. Obedeciendo las indicaciones, estaban vestidos en sus ropas de domingo, jóvenes, viejos, ancianos, muchas mujeres y los niños que ya se mencionaron.

En el cielo no había una nube. La helada barnizaba los tejados de las casas. Las cúpulas de las iglesias y catedrales brillaban. La blanca nieve relucía al sol. Parecería un buen augurio, porque llevaban días sin ver el astro, el clima era benigno para la fecha —cinco grados—. Pero el augurio se comprobó engañoso. No es día para estrellas nacientes. Como escribiría la Kollontai, "Ese día el Zar asesinó algo enorme, incluso más grande que los cientos que cayeron. Mató la superstición. Terminó con la fe ciega de los trabajadores que habían estado convencidos de que iban a conseguir la justicia por la beneficencia del Zar".

Las fuentes oficiales y los estudios demuestran que no murieron sino tres decenas de personas, aunque parezca increíble. Pero para la conciencia rusa eso representó un hasta aquí. Se recuerda al día como el "Domingo Sangriento". La petición que traían para el Zar, su carta, su plegaria, se quedó sin entregar.

26. ¿Qué demontres hacía el Zar?

Sería imposible precisar qué hacía el Zar a la hora en que la masa intentaba acercarse al Palacio de Invierno con su carta-petición, si nos atenemos a las diferentes versiones de sus biógrafos. Algunos argumentan que estaba a la mesa e incluso enumeran el menú, pero es mentira, como otras.

Nosotros sabemos de primera fuente que estaba muy al tanto de la manifestación y demás, y que para tranquilizarse tomaba un baño de burbujas en la bañera imperial.

Las burbujas eran de varios colores. Bajo la espuma, el monarca presionaba con los dedos sus muslos, tenso a pesar del efecto del jabón. Porque, en momentos así, al jabón se le advierte con más claridad lo bien que vuela cuando se le permite. Aun el más pesado jabón de barra, aun el más cargado de grasas, aun el más difícil de disolver, en situaciones como ésta y en agua tibia, levanta el vuelo.

Bajo el vuelo del jabón, el Zar pensaba. No en la multitud silenciosa. No en los rezos que en momentos coreaba. No en el pliego petitorio. No en su infantil ilusión de que él lo remediaría todo. Gracias al jabón, tampoco se atribulaba con la guerra ruso-japonesa, aunque ésta fuese un fastidio noche y día. No en su mujer, ni en sus hijos, ni en la comida que otros dicen se estaba llevando a la boca a esta misma hora. Pensaba mientras no pensaba, como si la espuma de jabón le hubiera entrado por una oreja, se hubiese estacionado en su calavera y no se encaminase hacia otra salida, tal vez por darle vergüenza de regresar sobre sus pasos, o por no saber el camino hacía la otra oreja. Era su pensamiento como jabón huidizo, volátil, sin contenido, más preciso como lo que lleva adentro la burbuja, sólo hecho de aire.

Estemos atentos porque pensar aire no es cualquier cosa. De haber estado pensando en algo concreto (así fuese algo fútil, como "¿por qué esa burbuja es más azulosa que otra"), eso específico le hubiese hecho sospechar que no se podía tratar a la multitud, conformada por niños, viejos, mujeres, trabajadores, muertos de hambre y demás, como si fuesen unos rebeldes profesionales. Porque fuentes confiables aseguran que el Zar había dado indicaciones de que se les diera trato de rebeldes. Una burbuja de jabón no es una rebelde, sino sólo una vacua alborotada, aunque aquí la especificación sale sobrando, pero algo debió iluminar al bañoso Zar. Porque ser rebelde levanta cañones. Porque a los que encabezan una rebelión, el régimen los hace papilla. Hubiese el Zar pensado en cualquier cosa que no fuese aire de burbuja, habría hecho algo por contener la catástrofe que terminaría por llevárselo entre los pies. Cosa que entonces le habría parecido imposible, porque ¿cómo puede una fuerza llevarse entre los pies al mismísimo Zar? Al Zar que está muy por arriba de los pies. Al gran, grandísimo Zar, tan grande que en inglés se le escribe con una "t" de pilón. Al Zar, por haberse equivocado y creer que los que le iban a mendigar por caridad eran rebeldes. No lo eran. A lo sumo, un puño sí eran rebeldes —Kollontai es la prueba más a nuestra mano—, pero los más, no.

La Guardia Imperial recibe la orden —que no del Zar, él no puede dar órdenes porque se encuentra recubierto por una capa de espuma de jabón— de atacar a la multitud. La orden pudo haberla dado el hermano, pero otros dicen que fue el tío, y otros que no hubo orden alguna, que fue un grandísimo pánico corriendo entre los cascos de los caballos, haciendo cosquillas a las espadas de los cosacos, coqueteando con sus gatillos.

Ya fuera el pánico lo que se convirtió en sables desenvainados y balas, o bien la orden de atacar —la historia se inclina por esto segundo, pero el error es tan obtuso que el sentido común preferiría irse por lo primero, aunque no sea verdad—, algunos cuentan que los cosacos bajaron las escaleras con orden militar, sus botas pulidas pisando los escalones en una coreografía de muerte. Pero no hubo escaleras, confunden la escena.

La nueva no corrió veloz por las avenidas, calles, canales y ríos de la ciudad, sino que caminó azorada, y así fue como la mayoría de los petersburguenses continuaron viviendo unas horas como si fuese cualquier otro domingo, incluyendo al matrimonio Karenin, y habría sido el caso de Annie si no hubiese sido por Aleksandra.

27. Volviendo a la cocina del Palacio Karenin

—Yo lo que oí fueron balas, señora. Antes de los sables fueron las balas. Estábamos a doscientos pasos del Arco del Triunfo de Narva, a la vista del río. Los militares aventaron tres descargas al aire. La cuarta fue directa contra nosotros. Siguieron disparando hasta que se les acabó la munición. Después los cosacos se fueron contra nosotros.

El que habla es un hombre maduro que suda exaltado. Trae las manos llenas de sangre, lleva en la cara un tajo abierto que apenas sangra, como si también azorado.

Balas o acero, tienen frente a sí un cuerpo inmóvil envuelto en una capa. Lo han acomodado en la mesa de la cocina. La sangre empieza a caminar por la superficie de la mesa, lenta, espesa. La capa es el sudario del vivo. La sangre remolona, perezosa, oscura, es su voz.

Para entonces, la joven Valeria ya fue a informar a Annie. La bella baja inmediato, sin medias (los cambios de ropa siguen en proceso), los botines calzados sobre sus pies desnudos de un color dispar al de la falda larga que le cubre hasta los talones y que tiene que sostenerse con las manos porque no habían encontrado el cinto.

—¿Pero qué pasa?, ¿qué pasa aquí?

—Señora, que los hombres del Zar nos dispararon.

—¿Dónde? —Annie.

—Marchábamos, estábamos llegando al Arco Narva.

—Que no fueron disparos, ¡los sables!

—Que sí, disparos.

—Se fueron contra nosotros, y hubo balas y sables.

—Son cientos de muertos.

—Cayó Volodin, yo lo vi muerto, muerto.

—Sí, han muerto cientos. Hay muchos heridos.

—¿Y Alexandra? —Annie.

En este momento, ninguno de los visitantes inesperados recuerda lo que corearan los trabajadores: "Ocho horas, Padrecito —pues llamaban así al Zar—; ¡ocho horas!, ¡queremos jornada laboral de ocho horas!".

—¡Respóndanme!, ¿dónde está Alexandra?

Pisándole los talones, el leal Kapitonic, el portero, quien odia entrar a la cocina —los ingredientes de los guisos le revuelven el estómago, sobre todo los de origen animal aunque también le repugnen las remolachas—, pero escuchó con claridad el sonar de los pasos de la señora Annie corriendo carrera abajo los escalones (los tacones de los botines que trae puestos hacen un escándalo), y tras otear en los salones y el comedor, se vio obligado a buscarla aquí, sin comprender qué ocurre.

Annie ve el bulto humano sobre la mesa. Con decisión y cuidado, alza la capa que cubre un cuerpo desangrándose.

Extendida en la mesa de la cocina, la reconocen.

—¿Y mi Aleksandra? ¡Aleksandra! ¡Aleksandra!

Era imposible que Aleksandra escuche a Annie. Sus oídos están fijos en un momento, su atención toda puesta en un presente perpetuo: "Las caras grises de los mal vestidos y malnutridos trabajadores parecen muertas, aliviadas sólo por ojos ardiendo rabia por la revuelta desesperada. De pronto, el batallón de los cosacos galopó veloz hacia nosotros con las espadas desenvainadas. Yo vi las espadas alzarse y caer. Un sable cercenó el cuello de Volodin".

Los hombres que cargaran el cuerpo (no eran los guardias del Padre Gapón, hombres a sueldo que se echaron a correr con la estampida, sin pensar en nada sino en salir por piernas, aunque haya quien afirme que también fueron mártires de los cosacos), los que se arriesgaron a quedar arrollados por la caballería que se les había echado encima cuando la infantería se hizo a un lado, hablaban, trasfigurados de espanto.

La joven Valeria es quien dice lo que todos los ahí presentes ven:

—¡Se está muriendo!

Guardan un silencio tan oscuro como la sangre que empieza a gotear el piso. Contemplan el rostro pálido de Aleksandra. Por un instante abre los ojos, un movimiento tal vez involuntario.

—¡Ya no respira!

—¡Está muerta!

Sobre el viejo Kapitonic caen todos los años que habían estado esperando para morderlo. De un golpe, la pila entera. Ahí nadie advierte que envejece en segundos. Aún tiene fuerzas para coordinar lo que es dable ante una tragedia así. Sale por la puerta principal. Con una voz sin fuerza, temblorosa, llama a Giorgii —espera embelesado dos puertas abajo a la hermosa empleada—, le pide vaya a buscar al doctor —Giorgii cree que es para el propio Kapitonic, por su semblante y su voz, "¿Qué te pasa, Kapitonic?", "Apresúrate, Giorgii, hirieron a Aleksandra, ¿no viste a los que entraron?", "Estaba allá, esperaba a la bella Tatiana, no vi a nadie, ¿qué pasa?"— y le pide dos cosas más, que lleve las nuevas a los Karenin, y que encuentre quién le venda en domingo tela para hacer el lazo negro que pondrán en la puerta. Giorgii rompe en llanto al escuchar lo del lazo y pensar en la bella Aleksandra, se limpia los lagrimones y sube al coche, va guiando a los caballos entre accesos de llanto, y va aullando, "¡Aleksandra, yo te llevé, Aleksandraaa!".

Kapitonic no alcanza a ver el llanto de Giorgii porque entra al Palacio Karenin a buscar a Vladimir. Está en las habitaciones de los sirvientes, terminando de ajustar la figura que ha armado con unos diminutos trozos de hilo

de metal. Es un regalo para su hermana, la figurilla de un hombre que se quita y se pone el
sombrero si se le da cuerda. Kapitonic le pasa la
nueva con delicadeza y la suficiente frialdad para ayudarlo a contener el primer golpe. La figura que Vladimir tiene en la palma de la mano se
pone y se quita el sombrero mientras Vladimir
queda paralizado ante la nueva. Se niega a ver
el cuerpo de la hermana. Después de unos minutos, llora. Kapitonic retira la figura de alambre de sus manos, la deja en la mesita de noche
que había sido de Aleksandra. Debe dejar a Vladimir a solas con su llanto para abrir la puerta,
el doctor acaba de llegar.

El doctor ve el semblante de Kapitonic
y es el primero que comprende le ha llegado de
un golpe la vejez. Pero no alcanza a preguntarle nada, porque, con sus pasos de viejo, Kapitonic lo guía a la cocina y lo deja frente a la puerta
abierta, no hace falta ninguna explicación, Aleksandra en la mesa, el gotear de la sangre.

Piotr entra en este instante por la puerta de la calle, viene cantando, pero nadie escucha su voz.

Kapitonic regresa a ver a Vladimir, ya no
lo encuentra. Se ha escurrido del Palacio Karenin por no ver a Aleksandra. Kapitonic camina
hacia la cocina, pero ahí el fémur pierde su ruta
a la cadera, y el viejo cae al piso, con la minúscula voz que le resta pide ayuda, "ayúdenme,
ayúdenme". Se le ha roto el brazo, tirado como un bulto, nadie le escucha su dolor porque

Piotr, asustado, a todo pulmón retoma un canto, un canto fúnebre,

—Que su alma descanse en paz.

El médico asienta en el acta de defunción el nombre que le dio Annie, fecha y causa de muerte. Le darán la debida sepultura. Sale sin despedirse propiamente, ya va camino a su casa cuando Giorgii le da alcance para decirle que Kapitonic se ha accidentado. Regresa a atenderlo.

Valeria descubre la figurita de hilos de metal, "No sé de dónde salió, pero esto será para mi Matyushenko, cuando regrese del fondo del mar". Girando la cuerda del muñequito, al tiempo que se pone y quita el sombrero, Valeria repite: "odio ese maldito submarino, odio ese maldito submarino". Guarda la figurilla de alambre en su baúl.

Vladimir no vuelve ya nunca más al Palacio Karenin, no responde a las peticiones de Annie para presentarse a recoger las cosas de su hermana. Giorgii no da con él, "Parece que Vladimir se ha evaporado".

28. Las barbas del Pope

La derrota del Padre Gapón es total. Cuando su contingente fue atacado y sobrevino la desbandada, quedó protegido por los cuerpos heridos y los cadáveres —uno de esos escudos inertes fue Volodin—. Ahí es donde lo citan diciendo "Ya no hay Zar, ya no hay Dios". Repitió la frase dos veces más, pensando en silencio en su Sasha, y dijo en voz muy alta, "Sasha, Sasha", pero nadie lo escucha porque todos a su alrededor están coreando sus anteriores palabras, "Ya no hay Zar, ya no hay Dios".

Rutenberg, su único amigo, lo rescata y lo lleva a uno de los portales de esa misma plaza. No hay tiempo que perder. Rutenberg carga en el bolsillo navaja y tijeras, se torna en barbero en la urgencia, en el punto trasquila a Gapón, adiós cabello y barbas —sus seguidores recogen fervorosos los mechones que van cayendo, como si fueran un objeto sagrado—, le cambia las ropas talares por las de un trabajador cualquiera y lo lleva a refugiarse a casa de Máximo Gorki, el escritor. Pensar que Gapón empezó a formar el corazón de su movimiento en el campo El Refugio, entre los miserables, en un escenario que parecía obra de Gorki, para terminar

acogido por ese mismo autor... Pero la grace-
jada absurda no es nada comparada con lo que
le espera, y que por el momento no es asunto
nuestro.

Tercera parte
(El retrato de Karenina, y tres meses después)

29. El retrato de la Karenina

Una sola vez ha visto Sergio el retrato de Ana Karenina que pinto Mijailov. La luz no era la más adecuada. Sergio era aún un niño, aunque todos insistieran en que ya era un hombre. Regresaba del colegio. La Condesa Vronskaya (mamá de Vronski) envió el retrato calculando la hora en que se encontraría con Sergio. Lo planeó meticulosa; ésta iba a ser su venganza contra el hijo de la mujer culpable de la caída de su propio hijo.

El retrato caminaba en las manos de un servidor de la condesa —perfectamente vestido de librea, a la francesa—, al que seguían dos más, ya no tan bien ataviados —aunque fuera muy rica, la Vronskaya celaba cada céntimo, sus servidores vivían con el estómago a medio llenar, los acreedores tenían que volver tres o cuatro veces antes de arrancarle un céntimo de las manos—. Rica, tacaña, despilfarraba en fruslerías. ¿Cuáles? Alguna pluma para reemplazar la de un sombrero que le disgustara, proveniente del más recóndito rincón del universo, dulces turcos que conseguía de contrabando y que no compartía con nadie, diminutos encajes belgas que acariciaba con las yemas de los dedos y guardaba en sus cajones para que no se fueran a romper, bombones de Francia.

El lacayo de elegante librea francesa que cargaba el retrato de Ana Karenina lo sostenía del marco con hoja de oro, un capricho tal vez excesivo de Vronski que para un ojo más entendido no favorecía la delicadeza de la coloratura de la tela. La madre, plumas iridiscentes; el hijo, chirriante hoja de oro.

El segundo de los lacayos —sus zapatos de tela gruesa, la ropa burda— llevaba en brazos un vestido de mujer, el único que la Vronskaya había conservado de la Karenina (los demás, ya lo contamos, habían sido donados a una institución de caridad anexa a la Casa para Pobres Olga que atendía a mujeres caídas, porque le daba gusto a la Vronskaya saber que los usarían mujerzuelas). El tercer lacayo —las medias con los hilos tan gastados que daban grima— llevaba en la mano derecha la caja azul en que Ana guardara su manuscrito, y al hombro izquierdo una inmensa bolsa de tela verde que contenía su correspondencia, mensajes y tarjetas de recibir.

Entregarían también un correo de la Condesa Vronskaya, una escueta nota garrapateada dirigida al viudo Karenin, en que le indicaba que guardaría las joyas de Ana Karenina para Annie, tanto las compradas por él, como las que le había regalado su hijo. Karenin entendió que eran palabras falsas que tenían por sola intención herirlo.

La llegada del retrato y el resto del cortejo al Palacio Karenin tuvo el desenlace que la Vronskaya anticipara, pero ocurrió de modo que no imaginó. Sergio sí iba camino a casa. Regresaba del colegio, los ojos clavados al piso. Por la mañana, cuando recorría la ruta en dirección opuesta, estuvo a punto de pisar un gorrión recién salido del cascarón, su cuerpecillo huesudo semivestido de plumón azulado aún palpitaba. La visión lo repugnó y asustó. El ser algo grisáceo como un trozo de cielo, de pico suave como un cartílago, las patas desfiguradas, tenía más de insecto o de víscera que de ave. Sergio tiene miedo de tropezar otra vez con el gorrión, le horroriza poder pisarlo. Por esto, escudriña el piso ansioso, buscando pero no queriendo volver a ver al pajarraquito. Sus ojos viajan del piso a su propia cintura, en un zigzag pesaroso. Alza la vista cuando escucha la voz de Kapitonic decir: "¡Cielos!".

Era la tercera vez que Kapitonic hipaba el bisílabo. Sergio, como venía absorto en la búsqueda del temido indefenso, derritiendo todas su tribulaciones con la preocupación de encontrarse con el pajarillo, ansioso pero aliviado de sus otras ansiedades, no lo había escuchado.

Sergio estaba por ser enviado al internado. Lo temía; no lo deseaba; debía hacerlo; sabía que no había remedio; tres noches atrás, había mojado las sábanas dormido, lo que nunca antes había ocurrido, ni cuando era *realmente* pequeño; zozobraba su ánimo. Adentro de él se desencadenaba una tormenta que no quería describirle a nadie, ni a sí mismo.

Y ahora le caía encima el angustiado "¡Cielos!" del sereno Kapitonic, similar a otro gorrión que se precipitara del nido antes de terminar de formarse. Sergio alzó la vista. De no ser por esta alarma, los lacayos de la Vronskaya habrían traspuesto la puerta sin que Sergio los viera. Los planes de la Vronskaya se cumplieron por la involuntaria colaboración de Kapitonic. Así dio Sergio de narices con la aparición más perfecta de la Karenina, más similar a sí misma que ella misma, la cara descubierta, el bello cuello, los hombros en parte desnudos por vestir traje italiano, la tupida melena rizada negra, los ojos, la magnífica boca donde su inteligencia, honestidad y pasión se hacían presentes, la piel de un color singular en esa latitud, el tono del mármol viejo.

El retrato, la mujer, caminaba en vilo, no flotaba porque de la cintura al piso parecía portar un par de pantalones, los del traje oscuro del hombre que lo cargaba. Parecía una gran mujer con piernas cortas de varón. Inmóvil de la cintura hacia arriba, sus piernas daban pasos nerviosos, como la caricatura de una carrera. El lacayo caminaba así por la incomodidad de ir cargando el retrato y por la carga moral, sabedor de la mala intención escondida en su misión, entendía que la Vronskaya quería lastimar al niño.

Años atrás, Sergio jugó con Marietta (su nana), a formar un ser entre dos personas. Lo hacían ayudados por una camisola con botonadura del cuello a la cintura y un par de zapatos, las prendas de hombre adulto. Sergio se ponía la camisola, la espalda al frente, la abertura hacia atrás, pero no metía los brazos en las mangas, apoyaba las manos sobre el asiento de una silla y las enfundaba en los zapatos.

Marietta se colocaba en la espalda de Sergio y enfundaba sus brazos en las mangas de la camisola. Después, escondida atrás de Sergio y pegada a él como estaba, gesticulaba con las manos, él movía los zapatos, y hablaba y cantaba. La gracia del muñeco era que faltaba a la proporción del cuerpo. Sergio se convertía en una especie extraña de enano. Ana se desternillaba de risa —otra que Tolstoi omitió: a la Karenina le encantaba reír.

La figura que formaban la pintura enmarcada y su portador parodiaba aquello que Sergio jugara con Marietta, pero no cobraba la forma de un enano: era su mamá, de la cintura para arriba, agigantada, sobre un par de pequeños pantalones. El efecto era grotesco, provocando el "Cielos" de Kapitonic y en Sergio un doloroso espanto.

El niño al que le avergonzara extrañar a su mamá —que guardara en secreto el dolor de su pérdida—, y que batallara contra la certeza de que ella se había muerto y el ansia de saber que si la muerte había llegado podría también llevárselo a él, sobre todo si *ella* venía por él, se encontraba con ella a la luz del día, frente a la puerta de su casa. *Ella* aparecía, no distorsionada sino más *ella* misma aunque con el detalle de las piernas de otro, "el" Muerte, tornándola en "lo" Muerte.

El lacayo que la cargaba, al disminuir la marcha frente a la puerta del Palacio Karenin, inclinó el retrato, colocándolo en posición horizontal. Ana recostada, flotando sobre la calle, tendida, como en la cama del niño para acompañarlo a dormir, después de leerle un cuento. Así, a la luz del día, Ana, cara a cara con su hijo.

La visión, como previó a lo burdo la Vronskaya, fue un dardo para Sergio. Literalmente lo enfermó, cayó con una fiebre parecida a aquella que contrajo después de la visita de Ana en un cumpleaños, diecisiete meses atrás.

Aquella vez, cuando Ana Karenina irrumpió a visitarlo de improviso, Sergio no había sentido ni sombra de miedo; aunque le hubieran dicho que su mamá estaba muerta, él sentía, él sabía que no, que no podía ser, estaba convencido, para empezar, de que "la muerte no existe". Ese día, su cumpleaños, despertó y ahí estaba ella, sentada en la orilla de su cama, viva, entera, mirándolo, amándolo.

Pero cuando apareció su retrato, aunque le hubieran escondido que ella en verdad ya no vivía, él *sabía* que había muerto, lo sentía. A plena luz del día, contra toda lógica, ella se le aparecía. Luminoso, el más hermoso, el más perfecto —el más temido, el más deseado— de los fantasmas, de frente, en la calle, a punto de entrar a su casa...

En 1905, rescatada del olvido, el retrato de Ana por Mijailov no es la aparición de un fantasma o la encarnación de "Muerte". Claudia la observa mientras el servicio la desempolva y acomoda, reemplazando la pintura de un paisaje en la pared del estudio de Sergio: no es una experta, pero a sus ojos la tela es la creación cumbre de un pintor de ficción.

30. De Clementine

Intentemos rastrear la huella de Clementine hacia atrás, llegar hasta la fecha en que el hermoso dardo de la Vronskaya, el retrato de la Karenina al aire libre, atinó directo al corazón de Sergio. Como en el dardo de tierras remotas, al que han vestido para gran ceremonia, adornándolo con gran primor, no es el adorno lo que hace al retrato ser grande, sino su rigor —si el dardo aquel vuela con exactitud y perseverancia, es por contener los elementos que a la vista parecen ser para embellecerlo; su volar es certero por su elaboración preciosa, por los elementos que lo hacen bello se conduce estable y es capaz de bailar la ligera curva de perfección—. El dardo y el retrato son más ligeros por estar tan bien vestidos.

(Cabe preguntarnos ¿cómo el mísero Mijailov —porque a nadie le cabe duda de que no era un gran hombre, lo suyo eran la envidia, el desprecio por el otro, el desconocimiento de toda forma de simpatía o compasión, el egoísmo—, cómo, por qué él tuvo el genio para crear una obra maestra? Desnudo de atributos morales, fue dotado de la magia. ¿Con qué tipo de dardo podríamos compararlo?, ¿o es que el artista es precisamente lo contrario del dardo, y lo que le permite el vuelo no es lo que hace bella a su persona, sino el defecto, la fealdad?)

De Clementine, pues, intentemos rastrear la huella. Su historia queda cosida de piezas ensambladas de un taller a otro. Creció entre costureras, cosiendo, trabajando desde los cinco o tal vez cuatro años, a punta de aguja, hilo y tijera, acompañada a ratos de otros hijos e hijas de las trabajadoras. Ella era de buena tela —no como Mijailov—, era pieza para hacer vela de primera, resistente al capricho del temporal. Contrario a Mijailov, jamás se movía por oportunismo, o por pensar sólo en su propio provecho, o por envidia o mala fe o desprecio.

Pero lo que nos importa es que Clementine no tiene quién le ayude a cargar con su memoria, a atesorar sus recuerdos, porque su mamá se fue muy temprano y de su papá nunca supo. A los doce años, cuando le dieron banca propia para trabajar por ser muy habilidosa, supo que tenía abuela y dos hermanos, se le aparecieron para pedirle sustento, fueron su carga y quedaron bajo su responsabilidad, que ella asumió sin queja. Eran a fin de cuentas su raíz y su potencia. Le duraron pocos meses, se los llevaron la edad y la influenza.

Poco después, Clementine organizaba al taller entero, las labores de costura —sin dejar la aguja— y la batalla por los derechos de las trabajadoras. Se enlazó con otras cabezas de talleres. A los catorce, por lo mismo, la policía la visitó y cargó con ella. Entonces conoció a Vladimir.

Vladimir es un caso aparte. Fue asistente de relojero. Trabajó como lacayo, en la iglesia lo recomendó el cura que le dio vida digna. Pero en lugar de servir a un noble, está al servicio de los líderes de La Causa. Es confidente, mensajero, copista (aprendió a leer y escribir desde niño, con aquel cura) y suplente, un comodín. Cuando Clementine, como líder de las costureras, estuvo por ser devorada por el sistema zarista, la defendieron, era líder notoria, y era mujer. Vladimir fue el enlace, de ahí nació su amistad. Para Clementine, Vladimir fue lo que la pluma para el dardo, le dio a su vida el efecto. Él la mantenía en ruta. Le infundía aliento. La hacía ser más ligera.

Pero la muerte de Aleksandra había cambiado a Vladimir. Ya no era un comodín. Ya no quería sólo ser la pluma o el adorno del dardo. Deseaba él ser su propia punta, y más, quería ser la espada, la bala. Y con Clementine, empezó a tramar.

31. Los expertos juzgan el retrato

Tres meses después del Domingo Sangriento, porque las cosas se mueven lento en Palacio, el primero en visitar el retrato de Ana Karenina es James Schmidt, asistente del curador del Museo Hermitage. Observa con atención la tela y guarda silencio, pero no puede ocultar su entusiasmo. Cuando Claudia le da el reporte a Sergio (omitiendo lo del visible entusiasmo, que no es mentir porque Schmidt no había dicho una palabra), su marido piensa: "No lo comprarán" y siente un alivio. Le continúa repugnando la idea de que exhiban la pintura.

El Museo solicita una segunda visita, no inmediato, porque como ya se dijo, las cosas en Palacio van lentas y mal, y paraliza las instituciones que de él dependen. Vendrá Ernest Karlovich Liphart, curador del Hermitage y artista. Tal vez por efectos del clima —ya estamos en primavera—, a Sergio le gusta la idea de conversar con él. Piensa, además —porque conoce los retratos y pinturas de Liphart—, que a él no le interesará el lienzo, no es de su estilo el arte cortesano.

Lo invitan a comer. Sergio y el invitado charlan de ópera, un tema por el que los dos tienen pasión, y con Claudia de los diseños de vestidos, en lo que Liphart tiene mucho que decir y Claudia que escuchar.

Tras la sobremesa, Claudia lo lleva a ver la pintura de Mijailov, y Liphart demuestra su entusiasmo y enumera sus virtudes.

La tercera visita es casi inmediata. Es Ivan Vzevolosky, director del Hermitage, que no dice ni pío, va directo a lo que vino, y sale tras una dilatada examinación del lienzo.

En los tres visitantes es grande el entusiasmo. Ven en la pintura rasgos únicos, la calidad técnica perfecta, la comprensión de la modelo, la comparan (verbalmente y en sus informes al Zar) con la novela de Tolstoi, y los tres la consideran incluso superior. No hay nada en ella que no sea compenetrarse en la persona, su calidad de visión sicológica, su revelación… Cuando Ivan Vsevolozhsky, el director del Hermitage, explica verbalmente su opinión, dice que lo único que pensó al ver la pintura fue "¡Levántate y anda!".

Una persona más pide venia para visitarla, la esposa de Vzevolosky, Ekaterina Dmitrievna, nacida Volkonsky. Como no es parte de las negociaciones, como no tiene nada que ocultar, llora al verla. No dice nada. Al día siguiente envía un canasto adornado con flores naturales conteniendo regalos para los Karenin, dulces y delicadezas que Claudia envía inmediato a Annie, en otro recipiente, porque la canasta es demasiado preciosa y las flores con que llega adornada le permiten hacer tres adornos florales para la mesa. Envuelve uno más pequeño en papel lila, que sí le hace llegar el mismo día a Annie.

Después de estas cuatro visitas, no vuelve nadie. Los funcionarios tienen demasiados asuntos que atender, o debieran haberlos tenido. Pero la intención de adquirir el lienzo no se archiva y olvida. A fines de mayo, los Karenin reciben un correo en que se les informa que en la segunda semana de junio la pintura se incorporará a la colección imperial, que viajará directo a su exhibición en el Museo, y que el pago vendrá inmediato. La cantidad es considerablemente mayor que lo que Sergio y Claudia calcularon, y se las ofrecen sin inflarla con sueños o persuasiones, dinero puro.

—¿Debemos informar a Annie de la venta, Sergio? En estricto sentido, el retrato es de los dos hermanos.

—En sentido legal, es mía.

—Dije en estricto sentido.

—Trajiste los retratos de mi mamá a casa porque sabías que Annie no tenía ningún interés en ellos. Ella es más hija de mi papá que yo. No recuerda a...

Sergio no mencionaba nunca a su mamá, ni por su nombre, ni con las dos sílabas familiares.

—Pero no tenía idea del valor pecuniario del lienzo. Es una pintura costosísima... Nosotros no lo necesitamos.

—No fue lo que me dijiste cuando me convenciste de venderla.

—Sabes que Annie vive al día.

—De eso no te preocupes. Retribuiremos económicamente, con arreglos al Palacio Karenin, si te parece, porque son cada día más necesarios.

El Palacio Karenin se ha venido abajo sin los cuidados del buen Kapitonic, que espera su partida al otro mundo en el área de servicio, en su cama, sin recibir visitas. La cocinera le envía la comida con Valeria, pero a ella el viejillo le repugna, le avienta los platos como a un perro.

—Sergio, si le das…

—De ninguna manera. Sabes que yo pago el servicio, incluyendo al nuevo portero. De tu bolsa sale su comida, y los vestidos…

—Ya, ya, no preguntaba por esto. Pensé que sería buena idea. También había pensado invitarla a cenar. Así le damos la noticia…

—Ni lo pienses. Definitivamente no.

La venta del retrato había despertado en Sergio al demonio infantil de los celos, y no tenía ninguna gana de echarlo fuera. Esa Annie, con Vronski, le había arrebatado a su madre. Nada, nada para ella. Odiaba tener que mantenerla —pero sabía que, en última instancia, ella dependía de él porque a él le daba la gana, y lo sabía ahora mejor que nunca porque se había tomado el tiempo para hacer con estricto rigor las cuentas—. La verdad es que no le convenía soltarle "su" dinero a Annie. Si le entregaba lo que le correspondía, según instrucciones del testamento de su padre, Annie obtendría mensualmente una cantidad casi igual a la que Sergio le desembolsaba. Pero no lo iba a hacer, no estaba obligado, porque la entrega, según el testamento, estaba condicionada a que ella se casara. Annie no se casaría nunca.

A Sergio le irrita y le complace hacer vivir a su hermana de su bolsillo, Annie está atada económicamente a los Karenin, es su mendiga.

32. Vladimir

Cuando Vladimir confrontó la muerte de Aleksandra, ésta ocupó el lugar del mundo, desplazándolo. Perder a su hermana le resulta insoportable. Una parte de él desciende hacia la tumba. Clementine lo rescata, por el camino de las tumbas. Lo lleva a recorrer el Cementerio de la Transfiguración (Preobrazhenskoe) en las afueras de la ciudad, hacia el sureste, mientras le relata los pormenores de la manifestación del Domingo Sangriento, lo que hicieron los cosacos, qué pasó con Volodin, el destino de los otros caídos y qué ha ocurrido desde entonces. Lo lleva al rincón del cementerio donde la policía aventó las tres decenas cadáveres en fosas comunes el 10 de enero, sin ataúd, en bolsas de tela, "como jamones".

—Si a Aleksandra la hubieran llevado al Hospital Obukhov, como hicieron con la mayor parte de los heridos de gravedad y los cadáveres, aquí estaría, con mi amigo Volodin. Tú también lo conociste. Me dicen que murió porque quiso acompañar a Aleksandra cuando el imbécil del Padre Gapón la hizo marchar. Éstos son tus hermanos, Vladimir, cada uno de ellos. Es por ellos que tenemos que luchar. No te quitaron a tu única hermana —como me has dicho—: nos han quitado algo más, a todos. Nos han dejado sin nuestra Rusia. Se la quieren devorar. Tenemos que resistirlos y pelear contra ellos, arrebatárselas de las manos antes de que no quede nada de ella, ni un poco de vida. Aleksandra tuvo tumba, tuvo llanto. Ellos quieren que todos y cada uno de nosotros no tengamos derecho al llanto, al hermano, a la vida; nos quieren bajo una fosa común después de habernos estrujado hasta lo último. ¡Basta! ¡Ni uno más!, ¡ni uno más!

El crimen del Estado era "inconmensurable", habían matado a seres indefensos, muchos más de los que estaban ahí "aventados a un hoyo sin el menor respeto, como animales". Pero "No permitiremos ni tú ni yo, ni ninguna alma consciente, que el sacrificio sea inútil. Cayeron, pero su muerte provocará el fin del régimen corrupto. Vladimir, aquí hay niños, mujeres, viejos. ¿Te das una idea? Quieren hacer de la Rusia un rastro. Comen, beben, celebran, pagan sus lujos con la carne de los nuestros. De toda la Rusia quieren una fosa común, ¡ya basta!, ¡ni uno más!, ¡ni uno más!".

"Tú y yo Vladimir, lo que tú y yo debemos hacer es comer ricos. ¡Vayamos a devorar ricos!"

33. El origen de la propuesta de compra

No fue la calidad del lienzo o la infausta fama de la retratada lo que provocaron se buscara incorporar el retrato a la colección imperial. El pintor está en la cumbre, el prestigio que ha adquirido es inmenso. Lo respetan tirios y troyanos. Es lógico que estén peinando cielo y tierra para encontrar más pinturas de su autoría.

La espuma en que está subido el artista fue agitada originalmente por otro Mijailov, funcionario de más o menos alto rango del Departamento Especial (antes llamada Ojrana, la policía secreta), hijo y heredero universal de Mijailov el pintor. Él es quien ha movido los hilos para crear el interés por la obra del padre, con la única intención de elevar el precio de sus obras, ningún otro. Para esto ha procurado la adquisición de algunas de sus pinturas, para ello atrajo la atención al retrato de Ana Karenina. A fin de cuentas, el heredero es un buen policía, que no lector, porque él no ha leído la novela de Tolstoi, ni (dicho sea de paso, aunque no sea de nuestra incumbencia) tampoco ha leído ninguna otra; el arte en general, en particular y en todas sus formas le interesa un reverendo bledo. Lo que sí tiene en muy alto es su bolsillo.

Pero las acciones que emprendió Mijailov (hijo) para placer su avaricia, ¿son la semilla que provoca en el conocedor director del museo y el par de expertos el acaloradísimo entusiasmo? ¿Se dejan influir por la espuma en cuya cresta baila la obra? ¿Los columpia la balanza del mercado? Si fuera el caso, ¿cómo nos explicamos que el corazón honesto de la esposa del director del Museo, Ekaterina Dmitrievna, se haya derretido como nieve al sol frente al lienzo?

Busquemos con atención. La semilla para el prestigio fue la avaricia combinada con el tráfico de influencias, de esto no hay duda. Pero atrás de una semilla tiene que haber habido un árbol o por lo menos una hoja de pasto, y en ésta una raíz. La raíz que nos importa es la novela de Tolstoi, su argumentación de lo grande que es el retrato, en sus palabras: *Aquello era más que un retrato; era una bella mujer viva, de negros cabellos rizados, hombro y brazos desnudos con una sonrisa pensativa... y sobre su sonrisa, delicado vello.*

Algún defensor de Mijailov dirá que, antes que la raíz tolstoiana, importa la tierra de que ésta bebe, y argumentará que la pintura en sí es lo que tiene peso, que sí existe un valor intrínseco en el lienzo. Y sin embargo...

34. Ya se va el retrato

Es la noche del 14 de junio de 1905. A
la mañana siguiente vendrán a buscar la pintura de Mijailov para mudarla e instalarla en
el museo, en la exposición dedicada al ya dicho. Annie ya lo sabe, le dio la noticia Claudia.
Su reacción ha sido virulenta, furiosa, obsesi-
va, confusa, tan irritada que hasta a Claudia le
ha hecho perder la paciencia. Se niega a ver a
su hermano y cuñada, y los inunda con correos
conteniendo mensajes contradictorios. Es por
esto que marido y mujer, en sus habitaciones
separadas, sueñan lo mismo:
Alguien llega a la puerta de su casa, dan
como hecho que se trata de otro mensaje de
Annie. "Tengo que ir a visitarla", se dice Claudia, "debo convencerla de que no es para tanto". Sergio se dice, "Debí impedir llegar a esto".
Los dos tienen presente a Annie —a Claudia
le preocupa lo dicho y cuál regalo le podrá llevar en su visita, Sergio con un afecto filial que
nunca siente en la vigilia—, cuando entra al salón León Tolstoi. Irrumpe vociferando a voz en
cuello: "Quiero un mundo sin violencia, poder o gobierno… el gobierno es corrupto en sí,
implica violencia, práctica o imaginaria, para

detentar el poder". Tolstoi cae en la cuenta de que está frente a Sergio y Claudia, saluda escuetamente, "Señora Claudia Karenina", y sigue:

—No hay tiempo para desviarnos en cortesías de la razón central de mi visita. ¿Dónde está Sergio? Debo hablar con él.

Sergio:

—Aquí estoy yo —Sergio ve el asombro de Tolstoi, le aclara: —Yo soy Sergio Karenin.

—¿Tú...? ¿Tú? Ah, sí, sí; no te reconocí, ¿en qué estoy pensando...? No hay niño perpetuo... Te imagino siempre niño, Sergio, y si acaso como un jovencito al que apenas empieza a pintarle el bozo. Iré directo al punto: la gravedad de la situación me obliga a visitarlos. No pueden permitir que el retrato de Ana Karenina pase a manos del Zar, un hombre limitado, que actúa como su propio enemigo y que lo es, en grado extremo, del bien general. No pueden dárselo. A fin de cuentas, Mijailov la retrató por *mi* instigación. *Yo* soy el autor. Me disgusta reclamarlo —no tengo ningún interés en pelear mi autoría, me repugna toda forma de propiedad privada—, pero ustedes no tienen derecho a ceder algo que yo...

Claudia lo ha escuchado serena. Prudentemente lo interrumpe, cuando sabe que hacerlo será un alivio para su ansiedad:

—Nos queda claro, no tenemos ninguna duda de que el maravilloso lienzo es obra suya, y de que Sergio es *su* personaje...

—Basta con eso, Claudia —Tolstoi—. Tú menos que nadie tienes derecho a decirlo… ¡Sólo una mujer o un doctor pudo haber salido con esto! ¡Una indignidad, que la propia esposa…!

Sergio interviene, contrariando su temperamento, y con voz calma y clara:

—Es estrictamente verdad. Difícil de tragar y más difícil todavía de digerir para mí, posiblemente para nosotros, pero es cierto.

Sus palabras hacen estallar a Tolstoi:

—Basta, ¡basta! Ni una palabra más de esto. Yo *te encontré*, Sergio, ¿no entiendes?; ya estabas ahí; te vi, y te hice visible para los otros. Soy lo que es Mijailov en relación al ser que aparece en el retrato, nada más. No hay un dios en mí. No soy un creador. Soy sólo un hombre, y no sé siquiera si soy un hombre bueno. Quiero ser un hombre bueno. Más importancia y mayor valor tienen las relaciones con las personas, que escribir un millón de palabras. Si actúas, ves el éxito o el fracaso, puedes corregirte. Pero si escribes, ¿qué? ¿Cómo sabes si te entienden, si hay reacción, si importa? ¡No importa! Lo que importa es el bien común. Por lo mismo, no podemos permitir que el retrato de Ana Karenina quede en poder del Zar —¡inadmisible!—. Y yo no soy quien puede dar la cara y pelearlo, aparentará ser megalomanía… ¡no lo es!, ¡no soy yo lo que está en juego! ¡Entiendan!, ¡entiéndanlo…! Ceder o no el lienzo es su responsabilidad, la de ustedes dos. Sergio, ¿entiendes lo que estás cediendo?, ¿sabes el provecho que le sacará el Zar? ¿Cómo crees que me siento? Intenta imaginar. Si pagar impuestos es financiar asesinatos, esto es algo mucho más grave que pagar impuestos. Tú recibirás dinero del Zar, pero, a cambio de éste, le darás tu pasado, tu propio pasado, tu raíz, ¡le estás entregando a tu madre! —Tolstoi estalla, prácticamente gritando y blandiendo un puño frente a la cara de Sergio: —¡Miserable!, ¡miserable!

Tolstoi camina unos pasos, el salón ampliado en los sueños parece tan gigante como el de la zarina, lo recorre con trancos enormes que no permitiría la fuerza de gravedad.

Aquí, los sueños de marido y mujer se desconectan. En el sueño de Sergio, hay una chimenea encendida. En el de Claudia, no. Tolstoi recupera la calma en ambos:

—Dinero que el Zar ha arrebatado a los rusos para alimentar y robustecer su maquinaria de muerte. Dinero por el que le darás a cambio un bien limpio, puro, insustituible, que no tiene precio. No es correcto. No por mí, ¿qué importaría si fuese sólo materia de arrogancia u orgullo? Si así fuera no estaría yo aquí. Te lo exijo por respeto a los valores defendibles del Hombre. Atiende. Piénsalo. No está bien. No es algo bueno. Está ensopado en el Mal. Es decirle que sí al reinado del asesinato y la violencia. No entremos en explicación, baste lo elemental: dirigir un ejército no es un acto honorable ni importante, como en este momento le estarán diciendo los lambiscones del tirano, directo al oído. Preparar asesinatos es un acto vergonzoso. El ejército, siempre, es un instrumento asesino; el ejército zarista es un aparato suicida, porque con éste la Rusia se suicida.

Tolstoi aún no se sienta, pero en el sueño de Claudia y de Sergio se levanta de su asiento, responde a la lógica onírica en la que alguien puede subir y bajar escaleras que conducen a un mismo rellano (jamás ocurriría en una construcción de ladrillo y arena, pero en el sueño las escaleras que no suben ni bajan son sentido puro, metáfora, explicación de la vida).

En el sueño de Claudia y en el de Sergio, el escritor repasa con los ojos (y con desprecio) el salón que ella ha vestido con esmero. Lo ve con el ojo del novelista. Piensa lo que escribió en *La muerte de Iván Illich*: "Cosas que hace que se asemejen los unos a los otros: perchas, maderas, nogal, flores, tapices y bronces, mates y brillantes: cuanto acumulan ciertas personas para parecerse a las que realmente son opulentas". Después, ve el salón con su ojo de ensayista, y su desprecio aumenta, pero es por la mirada del ojo del moralista por lo que el Conde León Tolstoi hace un gesto de profundo disgusto.

—No sé que estoy haciendo aquí. No tengo tiempo que perder, soy viejo y es evidente que mi perorata es inútil. Ya sé que la vida de las personas de su clase —y quién sino yo es responsable de haberte colocado en ella, Sergio— ordenan su vivir para su propio provecho.

Acomodan sus vidas fundándose en el orgullo, la crueldad, la violencia y el mal. Pero si eso proviene de mi persona —aunque no se encuentre en ésta—, de lo no puede hacérseme responsable, es de que ustedes no se muevan hacia un cambio, que no hagan siquiera la moción hacia éste. Su egoísmo ha crecido, agravando sus maneras que, no voy a ocultarlo, me repugnan. Eso no les trae a ustedes sino insatisfacción, y a mí dolor. El hombre no puede vivir sin saber la verdad, ni siquiera si es un hombre en la ficción, o no de la ficción que yo he escrito, porque sólo escribí de lo que conozco y el único mundo que describo es el de los hombres.

—Usted puede darnos una orden, lo obedeceríamos —el nexo que hay entre un autor y su personaje tiene cualidades simpáticas como ningún otro lazo. Sergio dice esto porque comprende el desprecio de Tolstoi y, al hacerlo, simpatiza.

—¡Terrible, la costumbre de dar órdenes! Nada hay más perverso, nada que corrompa más la vida social razonable y benéfica que las "órdenes", ¡imponer lo que guiará a las personas como si fuesen borregos! ¡De ninguna manera te doy una orden! ¡Apelo al buen sentido de ustedes dos, a nada más! No voy a reaccionar provocándome a mí mismo un acto que me repugna aún más. No, no doy órdenes, no tengo esclavos a mi servicio. Hago un llamado a su sentido ético, a lo que hay de bien en sus personas.

En el sueño de Claudia, ella cruza miradas con Sergio. En el de Sergio, no hay cruce de miradas. En los dos sueños, Sergio musita:

—Pero no soy del todo humano. Lo sabe usted más que nadie: soy una creación ficticia, parte de una trama imaginada. Soy su ficción. Usted es el responsable de que yo exista. Mis actos son de cualquier manera condicionados por usted. No son órdenes sino algo que va más allá. Soy un títere, yo...

El comentario enfurece a Tolstoi, que en voz muy alta, ruge:

—¡Eres lo que eres, Sergio! Tan entero como lo soy yo, tan persona como nosotros. ¡No me cuelgues lo que no depende de mí!

—No es verdad. Basta ya de pretender.

—Para muestra, un botón: yo odio la ópera. Tú y tu hermanita aman la ópera.

El viejo escritor no esconde su furia. Sergio retoma la palabra. En el sueño de Sergio, tartamudea:

—Estoy hecho de pura tin-tin-tin-in... ta. ¡Títere de tinta!

En el sueño de Claudia, Sergio no tartamudea y dice otras palabras:

—La mayoría de la gente vive como si estuviera caminando de espaldas a un precipicio. Saben que atrás está el barranco en el que pueden caer en cualquier momento, pero fingen ignorarlo y se entretienen con lo que ven. Pues bien: yo no camino. Tú me engendraste en el barranco del no ser.

En los dos sueños, Tolstoi les contesta, casi gritando:

—Absolutamente falso.

Y Sergio en voz calma:

—Sólo la actividad inconsciente da frutos, y el individuo que desempeña una parte en los hechos históricos nunca comprende su significado. Si trata de comprenderlos, es castigado con la esterilidad.

—Basta, Sergio. ¡Basta! ¡Deja de citarme! Sé razonable...

El viejo los observa unos segundos en silencio y les dice, mirando a los ojos primero a Claudia, después a Sergio:

—¿No se dan cuenta? Así como los franceses fueron llamados en 1790 a renovar el mundo, así y para lo mismo son llamados los rusos en 1905.

—No estoy de acuerdo —le contesta Sergio—. Si permitimos que la vida humana sea regida por la razón, aniquilaremos toda posibilidad de vida.

—¿Y eso, a qué viene, a qué viene? ¡No me cites! —Tolstoi intenta contener un estallido de furia, repitiéndose las siguientes palabras en la voz más baja que le permite su estado: —Me hacen envilecerme. Esto es pecar, montar en cólera a propósito de mis obras. Hago trizas los lazos amorosos. Parece que sangra la herida...

—Tolstoi da otra vez sin peso pasos en el salón de nueva cuenta agigantado por el sueño. Y dice, aún con voz alta, pero mucho más tranquilo:

—Porque yo contigo, Sergio, sólo tengo un lazo de amor. No hay nada más. Por lo tanto nuestra relación es volátil. Sangra, sangra la herida... Sangra...

Conforme dice las últimas palabras, en el sueño de Sergio y en el de Claudia, Tolstoi se transforma en algo que asemeja a un zorro, e inmediato en un ser que asemeja a un erizo, cambia de forma y tamaño de uno al otro animal sucesivamente.

Ahí Claudia despierta, las palabras dichas en el sueño retumbando, "Sangra la herida, sangra la herida".

Sergio sigue durmiendo, se desvía su sueño en otros personajes y situaciones absurdas que su memoria no puede retener (como una cacería de zorro en la que los caballos son montados por erizos), borrándole el encuentro con su autor. Su sueño se detiene en una trama que sigue su camino con paso firme. Se desvanece, antes de poderla atrapar, en humo.

35. Entre el sueño y el Acorazado Potemkin

Cuando el sueño de Sergio aún se desbaraja en múltiples imágenes, en el Mar Negro, a bordo del Acorazado Potemkin, un chispazo se enciende con el acto atrabiliario de un oficial irrespetuoso, de cuyo nombre nadie quiere acordarse. Sobre éste hay diferentes versiones.

Según quedaría grabado para muchos, el oficial que enciende la mecha pasea entre las camillas donde duermen los marineros, sin respetar el precario espacio personal de la tripulación. Impertinente, el oficial altera su descanso.

Según algunos pocos de los que se apegan a esta versión, el tropezón contra un bello marinero joven (Ivan) fue un acto voluntario; según cuentan otros que también la defienden, fue involuntario, un accidente.

Alguien asegura que el mismo oficial no lo era de mucho grado, que bajó donde la tripulación con la expresa intención de visitar a un muchacho (Ivan) con el que se había acostumbrado a tener quereres; que el joven Ivan, su objeto del deseo, deseoso de zafarse de él, dio el grito de alarma.

Como haya sido el incidente, un oficial despierta a media noche a un marino, fatigado de su largo jornal. La voz ronca de otro miembro de la tripulación, Vakulinchuk, da forma al enojo ante el despropósito:

—Camaradas, ha llegado el momento de actuar.

La prédica sigue, no tan larga ni tan buena como las del Padre Gapón, más improvisada, y con un dejo de furia que el Pope no tenía el sábado en que lo escuchamos. Cuando termina, los marineros responden casi a coro, como si lo hubieran ensayado previamente:

—Ya no comeremos más el guiso de carne agusanada.

El predicador marinero, Vakulinchuk, retoma la palabra, envalentonado por la respuesta unánime:

—En Japón alimentan mejor a los prisioneros rusos.

Sólo uno de los marineros del Potemkin, Matyushenko, que tiene el sueño muy profundo, sigue en los brazos de Morfeo, aunque no del todo insensible a lo que ocurría en la vigilia colectiva. Sueña con Claudia. Posiblemente no la reconoce en el sueño, pero bien que la conoce, porque Matyushenko es el marido de la jovencita que trabaja con Annie, Valeria, la que tiene interés en saber cómo cuidarse de tener hijos no deseados. Claudia le está diciendo:

—Los marineros deben renunciar a comer.

Está sentada en una mesa transparente que se diría de vidrio cargada de platos y copas y botellas también de vidrio, repletos de comidas y bebidas. Llena su cuchara (no se alcanza a ver bien de qué, pues ésa no es traslúcida), la lleva a la boca, sigue hablando mientras salpica comida:

—Renunciar debes, marinero. Marinero que se va a la mar, ¡debe renunciar a comer!

Claudia come y come, y salpica; el marinero siente un deseo incontenible de arrebatarle la cuchara y avorazarse sobre los platos. Se impulsa para hacerlo, entre ella y él aparece una cerca de cuchillos enormes apretados uno contra el otro, apuntando hacia él su filo. Pero el joven Matyushenko no siente el peligro: está enloquecido de hambre.

En cuanto da el paso con el que se clavará los filos de la cerca de cuchillos, lo despierta el miedo de ensartárselos, y a éste se suma el hambre y el revuelo de sus compañeros, como él hambrientos, exacerbados los ánimos por lo que ya se dijo.

36. Remordimientos de Claudia

Simultáneamente, en el Palacio Karenin, en la habitación vecina a la de Sergio, Claudia, en la cama, piensa: "Soy yo, soy yo la responsable. Yo induje a Sergio a vender el retrato de su mamá. Yo, yo estoy poniendo en manos del Zar la pintura del personaje de Tolstoi. Sergio no quería. Yo, yo... ¿Será en verdad reprobable? Todo suena ahora distinto a como se sentía cuando lo aceptamos... Nuestra Rusia es otro país...".

Intenta calmarse diciéndose: "Lo de Tolstoi fue sólo un sueño, a él no puede importarle esto un pepino". Pero no tiene calma, no la consigue, "Según Lantur (la cocinera), los sueños dicen la verdad...". "Basta, es la cocinera, ¿ella qué va a saber?" "Pero lo sabe, lo sabe".

Trata de no pensar, de conciliar el sueño; en la ansiedad del insomnio que ella desconoce, los remordimientos la carcomen. Claudia deja la cama, toma su lámpara, baja las escaleras, camina hacia el estudio de Sergio.

Entra al estudio, prende una tras otra las tres lámparas espléndidas que iluminan el retrato en todo su esplendor: la magnífica, hermosa Ana Karenina, nunca más bella, es el sol de medianoche. Claudia le está dando la espalda, por la posición de las lámparas. Aún tiene las manos en la base de la tercera lámpara, cuando ve, al pie del escritorio de Sergio, en el taburete que hay al lado del asiento, la caja forrada de tela azul que encontró en el ático junto a los retratos. "La había olvidado", se dice, "desde que la bajé no la había vuelto a ver".

Toma la caja y la pone sobre el escritorio. Desanuda el listón de raso que la sella con un moño. Había sido blanco, pero por las décadas amarillea. Al deshacer su atado, muestra una variedad de tonos y colores.

—Este lacito pinta los años, es cuentatiempo…

Adentro de la caja está el manuscrito que Ana Karenina escribió cuando fue más feliz. Encuadernado bellamente en piel, cede su cuerpo a los dedos de Claudia. Ella lo extrae, lo pone sobre el escritorio, acomoda su lámpara al lado para leer. Entonces ve en el fondo de la caja otro manuscrito, más delgado, escrito con letra más menuda sobre folios que siguen sueltos. En la primera hoja lee:

"Sergio, hijo mío: jamás mereceré el perdón. Nada fue mejor en la vida que ser tu mamá. Te querré siempre, esté donde esté. Escribí esta novela dos veces. La primera fue teniendo en mente fuera didáctica, y para jóvenes, queriendo que tú fueras el primer lector. Dos años después, la volví a escribir, de un hilo, ya sin pretensiones. No eras tú el lector. La escribí para mí. Sin embargo, es a ti a quien la dedico, pensando que algún día tú, Sergio, tendrás una hija, y que ella un día será un adulto, y estas páginas le hablarán a ella, mi nieta, cuando sea mujer. Mi amor...".

Las últimas palabras son de una frase incompleta. La firma es ininteligible e innecesaria.

Claudia se sienta en el cómodo sillón de Sergio. Elige el manuscrito de hojas sueltas, el libro de Ana, la novela karenina...

37. En manos de Claudia

Claudia tiene en las manos los pliegos sueltos del libro de Ana. Están unidos sólo con un lazo delgado y de menor calidad que el que rodeaba la caja azul, un simple lazo utilitario, de fibra gruesa y tosca, sin teñir. Al desprenderlo, cae una tarjeta de visita con un nombre impreso, Conde Vronski, en tipografía elegante y sobria, con unas líneas manuscritas:

Caía yo a menudo en estas ensoñaciones con el opio; me asomaba a la ventana en las noches de verano, contemplaba el mar y la ciudad, y podía quedarme inmóvil, absorto ante la vista, desde que salía el sol hasta que cayera la noche...

T. de Q.

Cuarta parte
(Sin lugar o fecha)

38. Relato de hadas bañado en opio:
EL LIBRO DE ANA por Ana Karenina

Un leñador y su mujer vivían en lo más cerrado del bosque con su hija de seis años, Ana. En la miseria, la niña era su única alegría. El invierno se prolonga, falta cebolla y pan en la mesa, pero la niña ríe, inmune al hambre, al frío, a los días sin luz y al malhumor continuo de sus papás.

Antes de que empezara a amanecer, el leñador (que no ríe nada, como tampoco lo hace su mujer) deja la cabaña y echa a andar su ingrata figura macilenta, en las manos el hacha y un cordel. Sabe que buscar es en vano. Los pájaros y los patos emigraron al sur; los osos, las serpientes, los felinos y rastreros dormitan escondidos; los peces se esconden bajo el hielo. Lo guía la memoria hacia la vereda, y ahí algo alcanza a ver por el pálido resplandor de la luna, que también parece helada.

El leñador camina, los pies ateridos, la cabeza pesada, como si la tuviera llena de agua fría. Raya la oscuridad un brillo, encandilándolo le vuelve imposible distinguir el trazo de la vereda. "¿Será el reflejo de la hoja de mi hacha lo que me ciega?, ¿pero cómo podría?", se lo dice sin palabras, a puro sentimiento, porque el hielo que ya tiene adentro no le permite pensar con claridad. Recuerda historias muy oídas de hombres que enloquecieron por sus armas. Instintivamente muda el hacha de mano, pero el brillo sigue igual. Alza la cara al cielo, oteando el rayo del resplandor; no se ve nada, la luna ha quedado comida por éste. Entonces sí piensa, "Ya se murieron todas las estrellas".

Luz que se come a la luz es luz peligrosa, pero el leñador no lo piensa. Tampoco puede saber que el cielo parece de terciopelo negro, la pobreza le viene de nacimiento.

Espera un poco a que los ojos se acostumbren al nuevo orden. A riesgo de perderse, el leñador camina trastabillando hacia el punto de donde cree ver salir el destello. Éste irradia de una mujer vestida de un iridiscente raso azul, sus dientes y sus uñas echan chispas, sus cabellos lanzan también pajitas sueltas de luz. Abre la boca para hablar, atrás de sus labios está la fuente de luz:

—Sé que tu hija tiene hambre. ¿Por qué permitir que sufra una niña inocente si estoy yo? Tráemela, yo la cuidaré y protegeré.

Cada una de sus palabras echa chispas y apenas pronunciada truena con un estallido.

El leñador camina de espaldas, sin responder, sin dejar de ver a la mujer. Ella abre más la boca, como si un largo bostezo, y más luz le surte. Son sus entrañas las que así iluminan. Al llegar al camino, en silencio, la Iluminada se oscurece. El leñador tarda en orientarse. En el cielo ve el lejano resplandor del sol naciente, por lo tanto su casa debe quedar hacia la derecha. Camina hacia su izquierda, blandiendo el hacha, diciéndose con decisión:

—Voy a encontrar qué llevar para comer. ¡Tengo hambre!

Un par de ojos parpadean frente a él, a la altura de sus rodillas. El leñador levanta su hacha. Los ojos lo miran, son de un animal —cuya forma le es difícil distinguir— que con voz calma, habla sin sombra de acento extranjero:

—Seré tu comida sólo por una vez. Alimentarás conmigo a tu mujer y tu niña. Este invierno no habrá nada más. Ustedes morirán de hambre. No seas necio: entrega tu hija a la Iluminada.

El animal ríe con la misma risa que tiene la hija del leñador. Aunque sus palabras paralizan al leñador y la risa lo espanta, dejar caer el hacha sobre su presa. El hambre puede más que el miedo. La sangre tibia del animal le salpica la cara al leñador. Le ata las cuatro patas con el cordel que carga, sin reconocer a qué especie pertenece, y emprende el regreso a casa con su pieza de cacería.

Las dos, su mujer y Ana, lo reciben palmeando de gusto (y de frío). La niña ríe, con la misma risa que fue las últimas palabras del animal. El leñador cierra los ojos y la niña cree, como su mamá, que es por cansancio y por no tener nada en la barriga. La mamá se dispone a preparar la pieza para el guiso. Ana limpia la cara del padre humedeciendo la orilla de su falda en su cántaro de agua, lavándosela después, mientras canta:

—Ya tenemos comidita calentándose en el fuego...

Canta la niña y, como si fuera parte de su canto, ríe. Y cada vez que ríe, su risa enfría la sangre del leñador.

Los tres se sientan a la mesa. Cuando la carne del guiso está en su plato, el cazador no prueba bocado. No puede comer de quien lo vio a los ojos mientras le pintaba un destino de tristeza. Recuerda las palabras del animal: "morirán de hambre". Ana ríe. El hombre llora.

La mujer y la hija comen, por hambrientas y felices de probar bocado ni cuenta se dan de que el leñador está llorando. Él piensa: "mi mujer me comerá, porque a mí la tristeza me matará antes que el hambre". Antes de que ellas acaben sus raciones, se limpia los ojos, cierra los párpados, vuelve a abrirlos cuando la mesa está ya limpia.

Ana se queda dormida, y el leñador comparte con su mujer todo detalle de los dos encuentros. A ella no le queda duda:

—No podemos comer más de esta carne que has traído. Ni nosotros, ni Ana. No sabemos si es carne del Mal. Y debes depositar a la niña con la mujer de luz. Estoy convencida de que es la Virgen —sólo a ella le brillarían las entrañas—, y que Nuestra Señora la cuidará, y que pasando este horrible invierno volveremos a verla. Nos la traerá sana y feliz.

—Esa mujer no puede ser un ser divino. Vieras que cuando habla uno siente…

Al leñador le falta verbo para explicar que a esa mujer le brillan las palabras como si fueran joyas arrancadas con el sudor de los hombres a una mina, entre otras cosas porque no puede hacer esta comparación, nunca ha visto una joya, no sabe dónde encontrar una mina, como es leñador no dejaría el pulido de la piedra olvidado en la imagen. Si supiera dónde hay mina o que se pule una piedra, habría ido a pedir lo contrataran, picar y pulir le sería más fácil que morir de hambre, y llenarse de negro los pulmones sería mejor que ser guisado sin sal por su propia esposa.

—Le entregas a nuestra niña. Como es la Virgen, ella lo sabe todo. Dásela, pero no le digas su nombre. Si acaso no fuera la Virgen, no podrá llamarla nunca Ana, y ella volverá a buscarnos, porque nadie puede vivir sin oír su nombre.

—Es que… es que… —al Leñador le era imposible explicar lo que quería decirle.

—Ya, pues —le dice ella, viéndolo como a un bobo ignorante—. Te llevas a Ana antes de que le regrese el hambre, porque yo de esa carne que trajiste no le doy más. La aviento hoy en la hondonada, para que la devoren los lobos.

Antes de que amanezca, el leñador sale de casa con Ana en sus brazos, dormida. Toma la misma dirección del día anterior, pero antes de que se le atieran los pies de frío, aparece el resplandor, y tras él la Iluminada. La niña se despierta de tanta luz, ríe a la Iluminada como ella sabe hacerlo, le extiende sus brazos; la Iluminada la abraza, y las dos se desvanecen. Se acaba la luz.

El gris día le cae encima al leñador, una pesada carga.

Camina de vuelta a casa. Como viene tan afectado, no escucha aullar a los lobos. Son los que han comido del guiso que su mujer aventó a la hondonada durante la noche. No emiten el aullido del lobo común. Parecería que hablaran, y lo que dicen suena espantoso.

El leñador no volverá a conciliar el sueño. Ni siquiera piensa en su hija. En lo que piensa continuo, es en que se lo comerá su mujer, que su cuerpo terminará en el plato de su mesa, que su esposa lo guisará mientras cante "Ya tenemos comidita calentándose en el fuego".

Piensa que ella servirá tres porciones en tres platos, uno para el marido, el segundo para la niña y el tercero para ella, y que se engullirá los tres, porque el hambre le habrá desfigurado el alma.

Desde el día en que llega al palacio de la Iluminada, la niña viste terciopelos, pero para

el verano le hacen vestidos de raso, seda y encajes. Aprende el nombre de las telas y a distinguir
hilos y brocados. La enseñan a tejer, a bordar y
también a escribir y a contar. La llaman Niña
del Bosque. Le asignan una persona a su servicio personal, Maslova. No siente más hambre,
olvida los pensamientos que se tienen cuando
falta la comida y pierde la risa que tantas veces
sonara en la cabaña de sus papás.

Habitaban en un palacio enorme. La
Iluminada vivía en el ala de la parte interior del
edificio, a la que no tenía acceso la niña. Pasó
un año completo, llegó el siguiente y se fue, lo
mismo con otros diez. En alguno de esos años,
la niña olvidó la cabaña y el bosque. Se desdibu-
jó en su memoria la cara de su mamá, se silen-
ció su voz. Recordaba borrosamente a su padre,
soñaba con él, pero no podía verlo de cerca, ni
en sus sueños. Un año, también él desapareció
de sus recuerdos. En otro, olvidó el nombre con
que la habían bautizado, y fue entonces cuando
ya no supo cómo se ríe. Su cara, adusta y rígida, se tornó en la de una hermosa mujer, como
su cuerpo.

En el bosque que rodeara la casa de sus
papás (en el que ella jamás pensaba), los lobos
aquellos que habían devorado con enormes bo-
cados el guiso del animal no distinguible, ríen
noche y día, con una risa idéntica a la que un día
tuvo la niña, se la habían imitado por primera

vez cuando la Iluminada la pidió al leñador, por simple maldad.

Alguien podrá decir que la niña de nuestro cuento no vivía en el paraíso, había perdido a los seres queridos, no tenía sino su Maslova —que de hecho desaparece de la historia, sólo se le menciona un par de veces, queda en difumino—, con Iluminada no había ninguna conexión. Con su papá tuvo una liga afectiva —¡ay, pobre hombre!—, con la mamá también (a fin de cuentas, las dos comieron de la sopa del animal parlante), y con Iluminada no había ni sombra de apego. Antes, no había tenido nada sino aquella risa que pasó en un tris a ser temible, y después, cuando lo tiene todo, no hay ni una coma, ni un punto, ni un paréntesis, no hay nada más que pura palabrería para llenar el buche.

Pero otros dirán que la niña tenía una suerte envidiable, porque vivía en la abundancia. Había pasado por arte de magia del hambre, al hartazgo, de vivir en la miseria, a un palacio tan grande que aún no había podido recorrerlo todo, de lavar la cara del padre con su propia falda, a tener varios vestidos y varios servidores sólo para atenderla.

Una mañana, muy temprano, Iluminada, que la seguía llamando Niña del Bosque, le anuncia:

—Voy a viajar. Te dejaré la cadena donde guardo las llaves del ala que ocupo en el Palacio. Puedes recorrer todos los salones, usar todos los libros, tocar todos los objetos, comer cuanto lo quieras. Sólo hay tres cerraduras, y aquí te estoy dando las tres llaves que las abren. La primera es la de la puerta que conecta esta parte de palacio con mi privado, la segunda es la cerradura del salón en que guardo mis joyas, y la tercera no la debes usar, por ningún motivo. Puedes recorrerlo y tocarlo todo, excepto esta última habitación, la distinguirás porque está al fondo y porque la puerta es de color púrpura. Esta es la llave, inconfundible. Voy a dejarla también en tu custodia. Te lo repito: no la utilices, a riesgo de que lo pierdas todo.

La enorme llave estaba recubierta de cuero bien pulido, y aunque también tenía dientes, su forma curvada aquí y allá le daba una apariencia peculiar. Nada que La Niña del Bosque hubiera visto hasta el día de hoy, se parecía a la llave que, junto con las otras dos, colgaba de la cadena de la Iluminada.

Iluminada se va apenas terminar sus indicaciones. La Niña del Bosque, sin pensarlo dos veces, introduce una llave en la primera puerta y la traspone. Antes de poder poner atención en el lugar, los sirvientes (entre los que no reconoció ninguna cara conocida) le ofrecen dulces, la invitan a comer, la guían a un segundo salón donde una gran mesa está dispuesta con manjares.

La niña se sienta en la cabecera de la gran mesa. Los lacayos encienden los candelabros. Las habitaciones de esta ala del palacio son mucho más oscuras que las suyas, grandes cortinones protegen las ventanas, no entra un solo rayo de sol.

El primer platillo es un guiso con carne. Ella cree no conocer el sabor de esta carne, pero le gusta sobremanera y termina convencida de que le es familiar. Mientras la come, le escancian vino, prueba el licor por primera vez. Le ofrecen vodka, lo rechaza. Le dan de comer otros platillos en los que no reconoce el perfume o sus sabores, y también los rechaza.

La bebida la anima. Recorre otros salones, acompañada de las muchas personas de servicio. Sonríe, como hace mucho que no lo hace, pero no con la expresión que tuvo de niña. Ríe, pero su risa es otra, casi inaudible si no es porque tiene algo de metálica relojería. Los lacayos la retienen aquí y allá para señalarle objetos y pinturas, le dan explicaciones sobre los lienzos, le enseñan cómo debe manipular los objetos, cuáles son sus funciones o cómo jugar con ellos. Son sirvientes y tutores.

Llegan a la puerta donde es necesaria la segunda cerradura, pero la niña no siente curiosidad ("¿para qué quiero ver joyería, si estamos entre joyas?"), y se sigue de largo. Más salones conducen a más salones. Llegan a la última puerta, enorme y púrpura. Los sirvientes guardan silencio. La Niña del Bosque recuerda la orden de Iluminada, encoge los hombros y —siempre acompañada por los de servicio— regresa sobre sus pasos. En el salón contiguo a la puerta de salida, le ofrecen más dulces y bebidas, ríe otra vez —con esa risa de relojería— y la sonrisa se queda en su cara, como si se la hubieran pintado ahí para quedarse.

Vuelve a usar la primera llave en la cerradura para cruzar al otro lado. Se retira a su habitación. Apenas será el medio día, pero se acuesta en su cama y cae con un sueño pesado. Sueña con sus papás. El sueño le desdibuja la sonrisa. Despierta angustiada, sin saber por qué, sin desear recordar a los que acaba de ver tan claramente.

Salta de la cama. Es el anochecer. Traspone de nueva cuenta la puerta hacia el otro lado del palacio. Le ofrecen dulces y golosinas y vino de varios colores, pero ella los rechaza. Camina curioseando. Observa sobre todo el visible mecanismo de un hermoso reloj de péndulo mientras ríe sin darse cuenta de que los dos tienen una audible similitud, y contempla el óleo que representa a un joven desnudo, tendido frente a un hombre barbón entrado en años.

El joven del óleo extiende la mano intentando alcanzar a su mayor, pero el esfuerzo es inútil. La Niña del Bosque siente tristeza seguida de enojo: "¿Por qué no se levanta?, ¿por qué sigue acostado, como un recién nacido?, ¿qué le cuesta ponerse de pie, jalarle la barba si hace falta?, ¿por qué suplica?". Frente al reloj del péndulo no se dice nada.

En el salón que hace las veces de biblioteca, los libros reposan junto a los objetos. Al lado de un lomo que dice "El genio de la botella" hay una botella. Sobre el "Tratado de Geografía" descansa un globo terráqueo. Junto al que se llama "El Cofre del Tesoro", un pequeño cofre de madera. Al lado de "La bella durmiente" hay una pequeña rueca. "Maquiavelo", y una pequeña corona. Junto a "La Cenicienta", un zapatito de oro. Se sienta a leer otro libro de título absurdo: "Temática sin lengua". Los relojes marcan el paso de las horas. Las charolas ofreciéndole golosinas y comida pasan. "Quieren aturdirme con sus excesos. Yo no me dejaré. Lo voy a ver todo, todo".

Ya muy entrada la noche, La Niña del Bosque regresa, en el antecomedor a un lado de la cocina, come una rebanada de pan con una porción de arenque; bebe agua, lee y, sin haber vuelto a reír, anuncia a los sirvientes que se retira.

Como no acostumbra dormir siesta, sin sueño da vueltas en la cama y trenza un plan: a la mitad de la noche, cuando el resto del palacio duerma, cruzará al otro lado a explorar. Nadie la observará, ni le ofrecerá distracciones. Se levanta de la cama, toma el manojo de llaves que había dejado sobre la mesita, la acomoda a su lado, convencida de que sólo va a descansar un momento para tener la cabeza despejada en su próxima exploración. Pero cae en un sueño profundo. Cuando empieza a soñar, la llave recubierta de cuero, la de la puerta púrpura de la habitación prohibida, se desplaza, tirando de la cadena, y se acomoda entre sus piernas. Ahí, se acurruca y encuentra un camino, se arrellana más allá de sus ingles.

La Niña del Bosque la siente en sus sueños, y sin ejercer su voluntad, bambolea las caderas, como si caminara. La llave se pega más al cuerpo femenil. La Niña siente un placer que no conoce. Nunca había sentido eso. No hubiera podido comprenderlo, si acaso lo hubiese tocado su conciencia. En su sueño ya no camina, sino que corre, y así se menea, y la llave se encarga del resto del trabajo, dándole un placer casi doliente. Pero no despierta. Abre las piernas. Sin que intervenga su voluntad o su conciencia, ebria de placer, se deja poseer por la llave.

No despierta sino hasta la mañana siguiente. Le asombra encontrar la cadena de las llaves enlazada en sus desnudas piernas. Con repugnancia la separa de su cuerpo y brinca de la cama. Guarda las llaves en un cajón. Se promete nunca más cruzar a las habitaciones de la Dama de la Luz.

"Promesas, promesas, promesas": no ha acabado la mañana cuando saca la cadena de donde la escondió, y la primera llave gira en su cerradura. Apenas trasponer la puerta, le ofrecen quesos y panes que, sin ella saberlo, la regresan a su infancia. Explora con más curiosidad aún los objetos de los salones. Una mujer sostiene en una charola —idéntica a las que pasean para ella los lacayos— la bella cabeza de un hombre. Entiende que se refiere a un pasaje bíblico y piensa que será el caso del otro varón desnudo, un Adán intentando seducir a su Dios. Ver la cabeza del hombre en esa circunstancia no le repugna. Le despierta curiosidad.

Reconoce en los lienzos otros pasajes bíblicos, tanto en las pinturas como en los cuadros que forman los sirvientes —en un patio ve a José en el pozo rodeado de sus hermanos—, no puede identificar qué trama cuentan otras pinturas de épicas escenas de guerras desconocidas y caballos montados por mujeres.

En la penúltima habitación hay una representación al óleo de un paisaje en Alaska, recién cedida por Rusia a los americanos. Este lienzo la perturba más que ninguna otra imagen. Casi todo es blanco. Pero en esa blancura en distintas tonalidades van contenidos los colores, no silenciados, retenidos. En ese trecho de nieve, hay algo parecido a las palabras, tal vez más preciso. Es un lienzo que parece hablar, no palabras sueltas, articuladas de manera que tocan al silencio. Frente a la pintura siente miedo, éste se extiende hacia el resto de esta ala del palacio. Todo le da miedo. A duras penas puede respirar.

Regresa hacia los salones que conoce y se encierra en sus habitaciones.

Camina de un lado al otro del largo pasillo, hasta serenarse. Determina que esta vez, de verdad, no se quedará dormida, que quiere volver cuando no haya nadie supervisándola. Pero la noche es fría, los huesos le comienzan a doler. Está sola, despide a su Maslova. Así le pesa más la frialdad que cae con el atardecer, es una garra, no una cosa que entra por los ojos.

Se afloja las ropas. Se mete a la cama, cobijándose bien. No se acuesta; aunque sus huesos le supliquen la horizontal, se queda sentada. Porque ignora lo que pasó con las llaves la noche anterior, pone la cadena a su lado, pensando en no prender la vela antes de salir, para que la luz, escapando por la ventana, no revele que se ha levantado y que está dejando esta parte del palacio. Planea salir de su habitación a oscuras.

Las llaves no se inmutan esta noche. ¿Fue porque después de años (décadas sin girar en el complicado mecanismo de las cerraduras), hacerlo las ha dejado exhaustas? El día anterior giraron en el cerrojo dos veces. Para los goznes y los dobleces metálicos de la segunda cerradura, el paso de la llave había sido un evento mayor. Al sentirse tocados por los dientes metálicos, los intestinos de la herradura, acostumbrados a sólo percibir un tímido, austero, paso del aire, enloquecieron. Por la fracción de un segundo no supieron si cerrarse ante la intrusión, desobedeciendo la órbita para la que fueron trazados.

El primer eslabón de la cerradura intentó resistírsele a la llave. Quejica y mediocre, quiso ponerle freno a la intrusión. Pero la segunda sección de la cadena metálica, impuso el orden que les daba sentido, razón de ser, y no fue por razonable, sino por placer: la llave al entrar la tocaba. El aire, aire será, pero no es sólido; el tacto la siente, pero el goce es más ligero. Las palabras son a los suspiros, lo que la llave es al aire que va y viene por la cerradura.

Al percibir los dientes de la llave, un placer grande, carnal, hizo ceder a la segunda capa, la primera no pudo resistirse cuando la tercera y la cuarta —cada diente de la llave— cedieron, se dejaron ir, obedeciéndola. La cerradura, manteniéndose joven a pesar de los lustros de ostracismo, extendió sus manos con promesas, júbilo y animada conversación a la entrada de la llave, y habló con todas, porque las otras dos llaves sintieron, percibieron vía la cadena, el roce de ésta, y cuando la cerradura dio un quejido del gusto, respondieron a éste como si hubieran sido ellas mismas, electrizadas. El ejercicio, además de agotarlas, había sido más que gratificante —vertiginosa delicia.

Acostadas en la cama, al lado de La Niña del Bosque, las llaves se confiesan a sí mismas, al disponerse a descansar, lo satisfactorio de ejercer su función.

—¡Qué suerte la nuestra!

—¡No podemos quejarnos!

Y fue esta confesión lo que las dejó serenas, satisfechas, durmiendo como benditas.

La Niña del Bosque despertó pasada la media noche. Aún no terminaba el primer sueño de los demás habitantes del palacio, todos dormían profundo. Se levantó de la cama, tomó la cadena con las llaves en su mano derecha. Se calzó las zapatillas, se puso en la espalda su echarpe, llevaba la pequeña vela con que en las noches iluminaba las páginas de sus libros en la mano izquierda. Al salir de su habitación, cerró la puerta y entonces encendió la vela, como había pensado hacerlo para que nadie cayera en la cuenta de que en su ventana había luz. Se enfiló hacia las habitaciones de la mujer luminosa.

La casa bajo la vela era otra. La Niña nunca salía de noche de su habitación. Las sombras, el crujir del piso, el reacomodo de los objetos a su paso la atemorizaron, pero se sobrepuso y siguió su paso.

La primera llave abrió con facilidad la puerta que lleva al otro lado. La noche parecía día de aquel lado del palacio. El salón se iluminaba desde diferentes puntos con una luz blanca, intensa pero no inclemente o despiadada, una tonalidad cálida, fija, precisa. El espacio le pareció más amplio. La luz provenía de los muchos objetos, no de los candiles o las lámparas sino de las cosas y las pinturas, de una silla, de una alfombra. La más intensa de todas las fuentes de luz era la botella al lado del libro que tenía el Genio en su nombre. Cada lomo y su título era ahora distinguible, "Cabeza rota", "El animal que dormía como el comino", "Las capas de la cebolla", "Poemas sin corazón", "El corazón apagado". Los libros estaban acomodados por tamaño y color, sin que los uniera ninguna razón de ser de sus títulos. Al lado de los volúmenes estaban los objetos, de modo que aquél que tenía el globo terráqueo al lado ("Tratado de Geografía") debía su lugar en los entrepaños a las dimensiones del globo y no a otro motivo.

Apagó la vela con un soplo y la retuvo en la mano. Se acercó a la botella; entrecerrando los párpados, porque emitía una luz intensa que lastimaba los ojos, vio que un hombrecito gesticulaba desde adentro de ésta. Parecía quererle decir algo, hablaba y se movía expresivo. El hombrecito en la botella se hincó, las dos manos juntas, mirándola. Parecía estarle pidiendo que lo sacara de la botella, se lo suplicaba.

La Niña del Bosque tomó la botella en sus manos. El hombrecito dio saltos, feliz. La miró a los ojos. Ya no intentaba hablar. Extendió los brazos hacia ella. La joven retiró el tapón, y el hombrecito escapó por el cuello de vidrio, alargándose y adelgazándose para pasar, y expandiéndose al salir. Afuera, se sacudió y empezó a crecer, más, más, y más. El cuerpo del hombre duplicaba su volumen cada segundo, se volvió tan alto que le fue imposible estar de pie, se agachó, se dobló mientras seguía creciendo. Aquí y allá sus carnes comenzaron a topar con las paredes, ocupando el espacio del salón, empujando al crecer los muebles y tirando cuanto se interponía en el camino, jarrones, relojes, hasta ocupar todos los rincones. La Niña del Bosque se pegó a la puerta por donde había entrado.

La Niña del Bosque vio las carnes del hombre de la botella crecer también hacia el marco de la puerta donde se había guarecido. Abrió la puerta y la traspuso. El cuerpo del hombre que ocupara la botella se expandió hacia ella, siguiéndola. Quiso cerrar la puerta atrás de sí, haciendo presión contra la multiplicación de las carnes del gigante, "¡ay!", se quejó el de la botella, "¡me pellizcas!, ¡me lastimas!", y su voz resonó, retumbando en los muros, pero La Niña del Bosque no hizo caso a sus reclamos, temiendo que su enormidad cruzara e invadiera la otra ala del palacio.

—¡Salte de aquí!

—¡Me lastimas... me pellizcas! ¡No seas así!, ¡oooyeee!

La Niña del Bosque empujó con todas sus fuerzas y consiguió cerrar la puerta. Giró la cerradura, y sin sacar la llave, dejando la mano en ella un rato (que le pareció larguísimo), trató de percibir qué pasaba del otro lado de la hoja de la puerta, y pensó qué hacer.

Un ruidero; algo se rompe. Silencio. El crecimiento, la expansión del hombre debía haberse contenido, de no ser así, continuaría tirando objetos, y se oiría. Apoyó la palma de la mano en la puerta para sentir. Nada. No se atrevió a abrir la puerta para verificar qué ocurría. Tomó las llaves. Aún sostenía en la otra mano su vela, pero había extraviado las cerillas. No sabía si se le habían caído del otro lado o de éste. Pasó las manos por el piso; no las encontró. Los ojos se iban acostumbrando a la oscuridad pero no distinguía con claridad el entorno. Se dirigió a su habitación, muy lentamente y con gran cuidado para no tropezar y no causar estropicios. No quería hacer ruido que despertara al servicio. Por fin, tentaleando y tanteando, probando cada paso con cautela, llegó a su habitación. Caminó hacia un lado y el otro de ésta, sin saber qué hacer. Consiguió serenarse. Se acostó a dormir. Tardó en quedarse dormida.

Soñó que un sacerdote dormía. Que una mujer se acercaba a cortarle las barbas y el largo cabello. Soñó lo que él soñaba: que una jauría de perros atacaba las carnes del gigante. Que una persona vería la escena sin intervenir, aunque tenía en la mano las traíllas de sus perros. Que en los charcos de la sangre regada del gigante se veían parvadas de pájaros. Pasaron más cosas con el gigante del sueño, pero La Niña del Bosque se distrajo con el soñador: revisaba cómo vestía este hombre hermoso y barbón. Él despertó, y dijo "En el gigante yo reconocí a mi país, mi querido país, y a su gente".

Después soñó que era ella la que había quedado embotellada, que su botella vivía en la repisa de un librero. Nadie la venía a sacar. Se preguntaba, en su sueño, si ella también se convertiría en un gigante, de ser liberada. Y notaba que su botella no tenía boca.

Despertó bien entrada la mañana siguiente.

Llamó a Maslova. Mientras la ayudaba en su rutina, le preguntó si no había alboroto alguno del otro lado.

—¿Alboroto? ¿Del otro lado? ¿Dónde?

—Creí oír algo en la noche del otro lado del palacio... un... un *alboroto*...

—¡Nada! ¡Ningún alboroto! ¡Qué ocurrencias! Silencio, como siempre sólo hay silencio. Les pasamos el correo de la Señora, como siempre. Y les entregamos los quesos que muy de mañana llegaron, los que ellos ordenaron les trajeran, nos dicen que son para usted. Lo único inusual es que nos preguntaron si eran nuestras unas cerillas, tan largas como nunca antes se habían visto, del largo de dos brazos. Tres largas cerillas... Las llevamos a la cocina. Son algo de ver...

La Niña del Bosque no oyó el relato de las cerillas, ansiosa recolectaba imágenes del sueño.

—Unos perros... —tenía muy fresco el recuerdo de los ladridos de los perros de ataque.

—¿Perros?

—Soñé que alguien los soñaba.

La Niña del Bosque no podía borrar de su imaginación al gigante de la botella y al barbón que soñara, y para domarlos se repetía "Lo

de anoche fue un sueño tras otro". Sólo el antojo de los quesos la distrajo y la movió a cruzar
la puerta para ir a visitar el salón del otro lado.

La primera llave abrió como las otras veces, girando sin dificultad adentro del ojo de la
cerradura de la puerta que llevaba al otro lado
del palacio. La botella estaba en su lugar. No
estaba vacía, pero en las sombras del librero no
se alcanzaba a distinguir qué era lo que estaba
adentro de ella. En todo caso, parecía inerte. Lo
que fuera, estaba inmóvil, y no despedía ningún
tipo de luz, mucho menos parecía una pequeña
persona. El salón estaba en perfecto orden, nada parecía dañado o roto.
Este día probó la segunda llave. La suave cerradura cedió. Cuatro frescos inmensos, en
cada uno de los cuales había decenas de personajes, cubrían las paredes, del techo al piso las
pinturas tenían una particularidad: algunos de
sus objetos se tornaban de tres dimensiones, se
salían de la pared hacia la habitación. Era el caso de mesas, lámparas, y ropas de los personajes. La cola de un fauno también sobresalía de
la pintura, rígida, como si fuera de yeso, brota-
ba de la pared. El techo, pintado como un cielo
limpio, azul, luminoso, con dos nubecillas del-
gadas y traslúcidas, se interrumpía en sus orillas que representaban un techo venido abajo,
en sus orillas los ladrillos tambaleantes, y entre
éstos enredaderas derramándose.

Su falda rozó con una de las pinturas. El personaje con el que la tela tropezó, vestía una falda idéntica a la que ella traía puesta. El detalle le provocó desasosiego. Regresó sobre sus pasos, cruzó la biblioteca sin detenerse, lo mismo el salón principal, giró la cerradura y pasó el resto del día en sus habitaciones, con un sentimiento de malestar.

A la mañana siguiente, volvió a sentirse segura. Usó la primera y la segunda llave, traspuso las puertas, y sin dudarlo hizo también girar a la tercera en la cerradura. Ésta chirrió como ninguna de las anteriores; así estuviera recubierta de piel, crujía como metal oxidado. Recordó la prohibición: la tuvo sin cuidado.

Traspuso la puerta prohibida que también era de intenso púrpura del otro lado.

El salón no era un salón, sino el bosque, el frío y oscuro bosque de su infancia primera. Reconoció una vereda. Caminó, el frío le quemaba los pies y ardía en las manos. El sol asomó entre el cielo gris, levantando la temperatura. Los pájaros cantaron. Todo le era familiar. Se guiaba sin tener dudas. Dio con la cabaña de sus papás. Abrió la puerta. Una señora y sus dos hijas hermosas estaban sentadas a la mesa con su papá. Lo reconoció de inmediato. Él la miró con frialdad, inspeccionándola.

—Soy yo, papá —viéndolo a los ojos recordó su propio nombre, como si hubiera estado escrito en las pupilas del leñador—, soy Ana. ¿Dónde está mamá?

—Yo un día tuve una hija. No se parecía a ti.

—Yo soy. Tú me entregaste a la mujer Iluminada. ¿Y estas personas que están aquí?

—Ésta que ves aquí es mi esposa. Tu mamá murió hace años. Ellas son sus dos hijas, las dos que tengo.

—Tienes tres hijas, papá. ¿Dónde enterraste a mamá?

A señas, displicente, su papá le explicó dónde, añadiendo pocas palabras con indicaciones no muy precisas. La Niña del Bosque, Ana, fue sola a visitar la tumba. Un pedrusco rodeado de yerbajos indicaba el lugar del entierro.

—Si por lo menos estuviera limpia esta pobre lápida…

Ana puso manos a la obra. Barrió, arrancó las yerbas desordenadas, adornó con las ramas que pudo y bañó repetidas veces la piedra, arrancándole una belleza que nadie previó. La madrastra y sus hijas la veían afanarse, tapándose la boca para que no oyera sus comentarios, pero no se guardaban sus carcajadas burlonas.

Volvió a casa. La señora le dijo:

—¿Con que te gusta lavar, eh? Pues ahora me limpias la cocina…

La Niña del Bosque limpió las cazuelas, trapeó el piso.

Cuando los de la casa terminaron de comer —a ella le negaron el pan—, intentó regresar a las habitaciones de la Iluminada, con la única intención de pasar de largo y retirarse a dormir, tan cansada que no sentía hambre. Pero no había cerradura dónde meter la llave. La puerta púrpura estaba sellada a cal y canto.

La noche era fría. Se acostó a dormir junto a las cenizas del fuego del hogar.

A solas con su marido, la señora le preguntó a su marido:

—¿Es tu hija, de verdad?

—Sí, es cierto. Es la que le regalé a la Iluminada.

—Siempre creí que era un cuento cualquiera. Si es tu hija, se quedará a vivir con nosotros. Me ayudará en la cocina. Buena falta me hace.

A la mañana siguiente, Ana limpió los pollos, recolectó manzanas, preparó la sopa, amasó el pan, separó las lentejas.

La casa no sufría de hambre y precariedades. El leñador había tenido un golpe de suerte. Al cortar un árbol encontró guardado en él un tesoro, lingotes de oro, esmeraldas, era un hombre rico. Había construido más espacios para la casa. Las dos hijas de la esposa de su mujer vestían muy bien. A Ana no le permitían entrar a las secciones nuevas: "¡Tú estate ahí!, aquí te quedas, en la cocina".

Un día que su papá iba a salir a la feria, le preguntó:

—¿Qué quieres que te traiga? Tus hermanas pidieron vestidos y collares.

—Quiero una rama en flor de durazno, la planta predilecta de mamá.

Cuando el leñador regresó de la Feria —donde es muy posible hiciera actos muy poco santos; desde que tenía dinero se dejaba sueltas las riendas—, La Niña del Bosque llevó la rama de durazno en flor a la tumba de su mamá. La madrastra dijo a sus hijas:

—¡Idiota niña, su única oportunidad de vestirse como Dios manda, y salió con su tontera sentimental!

Después, se desentendieron de ella.

Ana se sentó junto a la rama de durazno y le cantó. También lloró sobre ella. Estemos de acuerdo en que esto es muy sentimental. Se justifica por el estado de Ana, fatigada de pasar los días fregando, desconcertada por saberse dueña de dos historias, con remordimientos por haber olvidado a sus papás y por haber desobedecido a la Iluminada. La combinación de esto, más la edad (eso de ser joven es poca ayuda) la hacía sentirse como un guiñapo. Estamos también de acuerdo en que usar el término "guiñapo" tiene algo de cursi. Pero la cursilería no entra en la situación de esta joven trinombre. Ana había

pasado a llamarse La Niña del Bosque, y La Niña del Bosque era ahora Cenicienta la Fregona.

Lo que cuenta es que las raíces del durazno bebieron con provecho sus lágrimas. Con-
siderado el estado del árbol y sus frutos y sus
flores y el entorno que éste creó, las lágrimas
son sin dudarlo mejores que la leche materna. Pero no es recomendación para el lector, ni
mucho menos receta, porque mejor que la leche, mejor que las lágrimas, mejor que las explicaciones y mucho mejor que cualquier trama,
es el vino, mejor que el vino, el champagne, y
mejor que cualquier licor, el opio. La cadena
puede tornarse siniestra, porque el tipo de pájaros y cantos que cada uno de éstos exige pide revisión.

Todos los días, al terminar sus labores,
Ana visitaba el durazno, y todos los días lloraba
sobre él. Con la continuidad, el durazno creció.
A sus pies crecieron moras distintas. Ana trenzó las zarzas alrededor de la lápida y cercando el
árbol. Al tiempo que el lagrimeo, a Ana le dio
por bailar. La culpa fue de las aves, los ruiseño-
res, los búhos y otros.

Los pájaros anidaron y cantaron en el
durazno. El leñador no tenía instinto alguno de
cultivo. A él lo que le gustaba era talar. Cuando
dio con la dotación de oro y piedras preciosas,
ya había talado lo suficiente, así que alrededor
de su casa no había sino tierra pelona que las
lluvias y la nieve desgastaban. Su hacha dormía
el sueño de los injustos. Los deslaves eran cosa

de todos los días. Por esto, las aves se guarecieron en el durazno. Sin con qué compararlo en kilómetros a la redonda, les parecía la capital del Edén. Cualquier cosa que Ana les pidiera, era para ser cumplida. Porque la hija del talador era la creadora de su único refugio.

Las aves la protegieron. La joven ya no tuvo hambre. Ya no tuvo frío. Pero lo que sí es que seguía durmiendo entre las cenizas de la cocina, y que la insultaban y maltrataban las tres mujeres y el desprecio de su papá. Siempre tenía la cara sucia, como sus ropas.

Un día, se escuchó el pregón del rey: todas las mujeres jóvenes del reino debían presentarse a un baile. El rey buscaba esposa para su hijo. Harto de que fuese un solterón, fastidiado de que le descartara las candidatas que él le proponía, preocupado de tantas francachelas que posiblemente le dejasen convertido en un cabeza loca, el monarca quería asentarlo. Y quería un nieto, para saber dónde iría a dar su corona. Si dejaba suelto al príncipe, la corona terminaría rodando.

—¿Qué, ninguna mujer te parece suficiente? —arengaba al joven por las mañanas. En los mediodías: —Te ofrecí la mano de la hija de un emperador, y la desechaste. ¿Qué te pasa?, ¿por qué ninguna mujer te parecía buena cosa? En las noches, subía de tono el discurso regio: —¿Quieres algo más perfecto que lo real?

—Empecemos por revisar tus términos, papá. ¿Puedes llamar "cosa" a las jovencitas? ¡Son personas!

Cuando escucharon el pregón, las hermanastras de Ana, llenas de ilusiones, felices empezaron a preparar vestidos. Ana pidió permiso para ir. No pensaba en el príncipe, mucho menos en pescar marido. Lo que quería era bailar.

—De ninguna manera vas a ir, ¿cómo te atreves a pedirlo? ¡Para el caso, habrías pedido a tu papá te trajera un vestido! Dejaste ir la ocasión, ¿qué te podrías poner? Nos darías vergüenza —apresurada escupió la madrastra, con un tono burlón.

—Por favor, señora…

—Imposible. ¡Y dime "mamá"! ¡Qué falta de respeto, decirme a mí "señora"!

El día del baile, Ana volvió a pedir permiso cuando los cuatro —papá, madrastra y sus dos hijas— estaban ya hermoseados. Las mujeres la vieron con ojos socarrones y fríos. La madrastra tomó la vasija donde Ana reunía las lentejas limpias, la aventó a las cenizas del hogar y le dijo:

—Si eres capaz de tener las semillas limpias en media hora, podrás ir. Pero allá ni te nos acerques…

Los cuatro salieron, sin girar sus cabezas, aunque fuera de compasión. Ana los vio con el rabillo del ojo. Vestían fatal. El traje de su papá brillaba, "qué vergüenza me da, ¡parece trabajador de veinteava clase en el Ministerio!". Los vestidos de las jóvenes eran de un mal gusto doliente.

Ana convocó cantando a los pájaros del durazno:

Florecitas vivas del durazno en flor,
sepárenme lo malo de lo bueno.
Quiero bailar y ser amada.

Una docena de aves distintas entraron a la cocina, pescaron las lentejas, las dejaron limpias en el plato. Ana fue al durazno y le pidió:

Padre de las florecitas vivas,
ayúdame a vestir lo bueno.
Quiero bailar y ser amada.

Otra docena de pajarracos le trajeron un vestido dorado y un par de zapatillas de oro, depositándolos sobre la limpia mesa de la cocina.

Ana se bañó (en agua helada porque toda forma de ave detesta el agua caliente), se peinó y se vistió. Las zapatillas la hacían sentirse más ligera, de diario usaba tosco calzado de madera. Casi volando en éstas, corrió al castillo del Rey, y no hizo más lento su caminar cuando entró al castillo. Mucho más ligera y ágil que las matronas y niñas mimadas —gordetas, de más alimentadas— que intentaban llamar la

atención del príncipe. Ana parecía un duende-
cillo y sobresalía entre la turba de pesadas.

El príncipe la vio, le dijo al rey:

Padre mío, de las florecitas vivas,
distingo lo bueno de lo malo.
Ella es la mujer.
Quiero bailar y ser amado.

Al rey, la chica no le pareció nada bien.
No se movía con "nobleza", tampoco a lo campesino. ¿Qué era? Bella, sí, parecía de educación
pulida. Retuvo el brazo del hijo hasta que ella
empezó a inclinar la cabeza y a mover los brazos y los pies con una gracia que no había visto
nunca. Entonces el rey soltó el brazo del príncipe, éste salió como la bala del cañón —qué burda expresión, pero no hay ninguna más precisa.

El príncipe bailó con Ana toda la noche.
Eran como dos figuras en una caja de música.
Magnéticos, casi mecánicos. Cuando entre una
pieza musical y otra algún noble se acercaba a
presentarle a su hija, en lugar de decir "Mucho
gusto", el príncipe repetía:

Entre las florecitas vivas,
elegí ya amar y ser amado.

Los nobles pensaban para sí, "¡Pero qué
muchacho tan necio, cómo no ve lo linda que
es mi hija!". Pero las hijas no eran hermosas.

Parecían pompones, o si acaso manguillos de piel muy fina.

Cuando dieron las doce de la noche, entraron al castillo dos docenas de pequeños pájaros de plumas coloridas, "pitpitpit", repetían con tonos agudos. Nadie había visto a estas horas y en estas latitudes una nube avícola como ésta. Los pajaritos tomaron por la cintura el vestido de Ana, levantándola en vilo. La escena era algo de ver: Ana ascendiendo, bien extendido el dorado vestido. Algún pajarillo cantó a lo lejos (y por suerte casi nadie lo oyó, pero sí el príncipe, que de cualquier manera no comprendió):

¡Ay, tu perfúmene!
¡Anabélella!
¡Ay, tu perfúmene perfúmene!
¡Sale al lado de tu piernabélleda!

Nadie veía la escena con mayor festividad que el príncipe. Sin sentir miedo o asombro, considerándola como otro paso de baile, lo llenaba de un raro gozo. Por lo mismo, apenas desapareció de la vista Ana (veloz asunción), él fue quien advirtió que en el piso había quedado una zapatilla de oro. Era pequeña y olía a durazno. El resto de los asistentes seguía con los ojos clavados al cielo, preguntándose qué había pasado; el príncipe recogió y se echó al bolso la ligera zapatilla.

Porque el traje del príncipe tenía bolsillos amplios, bien cosidos, no eran sólo unos adornos. En ellos cargaba en pequeñas botellas ungüentos para no llenarse de hijos.

A la mañana siguiente, el príncipe, lleno de inusual vigor por no haber pasado la noche en gimnasias amatorias, fue de casa en casa con la zapatilla en mano, buscando a la joven que lo había enamorado. Cuando llegó a la del rico que había sido leñador, la hija mayor se probó en su habitación la zapatilla. El dedo gordo de su pie era demasiado grande.

—No hay problema —dijo su mamá—. Córtatelo. Total, qué más te da quedarte coja si serás una reina. ¡Ana! —gritó hacia la escalera de servicio.

—¡Sí, señora!

—¡Que no me llames señora! Baja la voz. Trae corriendo el hacha de tu papá, ¡anda, holgazana, anda!

La hija se cortó el dedo del pie. Se puso la zapatilla y se aguantó el dolor.

El príncipe subió tras ella a su hermoso carruaje revestido de hoja de cobre, el techo pintado muy chulo. Cuando pasaban junto al durazno, los pajaritos cantaron:

Te estás llevando un pie tusado,
de lo bueno, elegiste lo malo.

El príncipe volteó los ojos al pie de la bella joven. La zapatilla de hilo de oro estaba ensopada en sangre. Golpeó el techo de su coche, dio la orden, y regresaron a la casa del leñador:

—Me engañaron. Me ofrecieron un pie entero y me entregaron uno cortado. No quiero a esta muchacha, ¡esperen mi castigo!

La madrastra de Ana y el Leñador regañaron a la joven fingiendo no saber nada del engaño, diciéndole entre muchas otras palabras:

—¡Muchacha del demontre! ¡Cómo te atreves a hacerle eso al príncipe! ¡A la cama sin comer! —y suplicaron perdón al príncipe. La madrastra ordenó a Ana limpiara la zapatilla. Ya limpia, la madrastra se la pasó a su segunda hija:

—¡Córrele! ¡Pruébatela, pruébatela! Y más te vale te quede, que si no el principito nos hará decapitar.

De nuevo gritó por la escalera de servicio:

—¡Aaaaanaaa, córrele, suuube para arriba con el hacha de tu papá, anda, anda!

La joven, que no está de más decirlo sí era algo bella, se probó la zapatilla, pero no le cabía el talón. No dijo nada a su madre: cortó el talón de un tajo, y se enfundó la zapatilla. Comiéndose el dolor, bajó y sonrió al príncipe, como si hubiera bailado con él la noche entera.

El príncipe tenía el corazón puro, así que le creyó.

Es importante aquí aclarar lo del corazón puro. Era parte del motivo por el que su papá quería casarlo. El príncipe creía en todo, pero como no era nada tonto, descreía con la misma facilidad. Esto no conviene para un buen gobernante. Los hilos de poder no se hacen de inocencia de corazón puro o de candidez, y en esto el papá tenía razón porque ese príncipe no podía servir para nada. No era sólo por hacer alianzas que le buscara esposas bien educadas, sino por procurar la sobrevivencia de su dinastía.

El príncipe, ilusionado y atolondrado porque estaba enamorado, invitó a la segunda hija de la esposa del leñador a subir al carruaje principesco. Cuando iban ya a medio camino hacia el palacio, los pajaritos y pajarracos del durazno los rodearon, cantando:

De todo lo bueno que había a mano,
elegiste tomar lo peor.
Te estás llevando un pie tusado.
Ella no es la tuya, ella no es la tuya.

La idea de volver a revisar la querida zapatilla y encontrarla bañada otra vez en sangre le revolvió el estómago al príncipe. Y por esto merecemos o necesitamos hacer otro paréntesis. Un estómago principesco revuelto es un tema que no debemos pasar de largo. Mucho se ha escrito de las panzas vacías —no que haya servido de mucho, si atendemos a los índices de hambre de hoy, pero de que se ha escrito, sí que se ha escrito—. ¿De los estómagos revueltos de príncipes de alma pura, en cambio, cabe decir lo mismo? Hay que hacer distinciones. Una cosa es comer demasiado, otra hartarse de intentar digerir sangre humana, y otra aún —muy diferente— es no soportar una visión por tener la piel delicada. Es el caso del príncipe.

Le bastó con verle los ojos a la joven para darse cuenta de que el canto de los pájaros decía la verdad. No bajó los ojos. Los dejó clavados en la cara hipócrita y los dos ojos que como cucharas vacías brillaban mirándole el título, el padre, el trono cercano. Dos ojos que, entonces advirtió el príncipe, estaban cegados para él. No lo veían como aquel par de ojos de ayer lo habían mirado.

El carruaje regresó a la casa del leñador. Pidieron a la joven que hiciera el favor de bajarse. Sobre las piedras del piso quedó la huella de su pie marcada varias veces, marcas oscuras, casi negras. Los pájaros del durazno rodearon al carruaje cantando:

En esa casa, no todos son patas rajadas.
Ahí está la que calza oro,
tan bello es su pie, como fina es su alma.

Por algún motivo que escapa a la comprensión, el canto esta vez acompañado de cuerdas. ¿De dónde provienen las guitarras, arpas o laúdes? Pero no era momento para que el príncipe se preocupara por un detalle así. Bajó del carruaje, evitó pisar las marcas de sangre del camino y volvió a trasponer la entrada de la casa del leñador.

Los cuatro de esa familia lo miraron con espanto. Sin saber que ahí estaba el príncipe, Ana, con las manos mojadas porque acababa de lavar de nuevo la zapatilla, entró al salón diciendo en cantarina voz alta, "Aquí la tienen, ya se las lavé otra vez, el tejido de oro es tan fino que es fácil limpiarlo".

Todos la voltearon a ver. Ana vio al príncipe. Él reconoció su mirada. Ana se calzó la zapatilla. La nube de pájaros del día anterior entró a la casa, tendiendo sobre ella el vestido dorado. El lacayo del príncipe le acercó la segunda zapatilla que los pajarillos dejaron en sus manos, y recogieron el cabello de Ana.

Esta noche, otra vez, ella y el príncipe bailaron, pero no tanto como la noche anterior, porque a Ana le entró una premura. A las doce de la noche recordó a la Iluminada. Pensó que sin duda vendría a buscarla. Pasó del remordimiento al miedo. El resto de la noche el temor fue creciendo. Ahora no dormía sobre las cenizas, sino en la alcoba principal de la casa que había habitado su mamá, pero esto no le bastó. Más miedo le dio. Creyó que también su mamá vendría. Que los pájaros la traicionarían. Que su cuerpo sería atacado por éstos. El de ella no era un gigante, de su sangre no saldría ni un perro que la amparara, nada. No tenía remedio. Debía enfrentar a la Iluminada, después volvería por su príncipe.

Con el primer rayo de luz caminó el corto trecho del bosque que la llevaba de camino de regreso al palacio de la Iluminada. Apareció un pequeño ojillo en la puerta. Escarbó en éste con una varita. Los dedos de las dos manos se le llenaron de un polvillo dorado. El ojillo se develó cerradura, en la cerradura Ana metió la llave y la puerta se abrió.

La Niña del Bosque la cerró atrás de sí, giró la cerradura y corrió a lavarse las manos. Por más que talló, enjabonó y enjuagó su dedo, el color dorado siguió. Su mirada también había cambiado: el brillo de esa habitación, y que adivinara había algo atrás de éste, le llenaban el corazón de un intenso remordimiento: quería volver a bailar con el príncipe, aunque por esto tuviera que pagar quedar toda tinta de color dorado, como una Midas.

Esa misma tarde la Iluminada regresó al palacio. De inmediato vio el cambio en la mirada de la jovencita.

—¿Abriste la habitación que te prohibí?

La Niña del Bosque lo negó ("No, señora, yo no sé mentir").

—¿Estás segura de que no giraste la cerradura que explícitamente te prohibí abrieras?

La Niña del Bosque volvió a negar con la cabeza.

Una tercera vez le preguntó la Iluminada, y por tercera ocasión La Niña del Bosque le mintió, negándolo con tal énfasis que gesticuló con las manos. La Iluminada vio el dedo dorado.

—¡Me mientes!

La Niña del Bosque cayó en una especie de sueño profundo, y cuando despertó estaba en el bosque. Quiso gritar; había perdido la voz. Buscó alguna vereda, una salida, la vuelta al palacio de Iluminada, o a la cabaña del leñador, o al palacio del príncipe, pero esta vez el bosque parecía no acabar nunca. Sus pies se hundieron en el lodo. Perdió el calzado.

En pocos días, sus ropas y sus carnes no eran ya las del lujo y el mimo en que había vivido. El cabello se le enredó. Las medias se desgarraron. Dejó de buscar salida. Comió hojas, moras, hongos y raíces. Sentada, la espalda contra el tronco de un árbol generoso, sentía deseos de cantar, lo intentaba, y ningún sonido salía de su boca.

Doce caballos montados por once caballeros y el rey pasaron a su lado. La Niña del Bosque no se levantó, creyó estar soñando. El rey se enamoró de su belleza, nunca había visto a una jovencita como ella. Le preguntó su nombre, pero ella no pudo responderle.

—¿Quién eres? ¿Dónde naciste? ¿Qué haces aquí?

La Niña del Bosque no pudo contestarle con una sola palabra. Al rey le gustó aún más que ella fuera muda. "En boca cerrada no entran moscas". La Niña del Bosque le enseñó su dedo de oro. Al rey no le disgustó, y se la llevó consigo. Al entrar a su reino anunció que se casaría con ella. La reina madre y sus hermanas intentaron disuadirlo, pero el rey no renunció a su capricho.

La Niña del Bosque volvió a vestir bien y a comer, y pronto olvidó lo que había hecho y que la había echado del paraíso. El dorado de su dedo no desaparecía. En las noches, cuando ella dormía, el dedo dorado hacía lo que la llave cubierta de cuero había hecho una vez. Se acurrucaba entre sus piernas y encontraba el camino para darse gusto.

Las bodas se celebraron, La Niña del Bosque compartió la cama con el rey antes de que él se retirara a sus habitaciones, y después de algunos encuentros supo descubrir en estar con él de esa manera un gusto que no esperaba. El rey la amaba. La Niña del Bosque amaba el gusto que le daba el rey, amaba sus terciopelos y rasos, y amaba los buenos tratos que le daban las personas de servicio. Amaba a su peluquero que le decoraba con pequeñas piedras preciosas el cabello. Amaba al pastelero que le preparaba dulces deliciosos. Amaba los quesos del reino, y el pan. También amaba un recuerdo: el baile aquel que en un lujoso palacio había durado una noche. Y aún más que el baile, amaba la mirada y los brazos de aquel príncipe.

Recapitulemos: de tener papá, mamá, hambre y nombre (Ana), pasó a La Niña del

Bosque. Retornó a ser Ana, pero el nombre se le volvió Cenicienta la Fregona, y de pronto, ahora, es reina. ¿Cómo una mujer pasa a otra, y después una diferente? Su historia es la del hambre y la risa, después la de entenada de su protectora fría y luminosa que pone en sus manos las llaves para conocerse, y la prohibición. Y antes de saber lo que le gusta, las llaves se satisfacen a su costa, dándole de paso un gusto sin que ella lo busque o se dé cuenta, jugando —a escondidas de ella misma— con lo que debiera estar buscando. Y ahí no acaba esto, pero puedo irme preguntando ¿quién está robándose a mi personaje?, ¿qué me lo lleva de una trama a otra?

Ana, Niña del Bosque, Cenicienta y Reina es dueña de ninguna de sus vidas. Cuando, armada de valor, se animó a moverse por su propia voluntad, ¡cataplún!, el dedo se le vuelve de metal. Le queda flexible, sí, pero dorado como si fuera un arete o un collar, una cosa. Nadie respetable quiere que su dedo sea cosa. Cada uno de los diez que tenemos en las manos las mujeres (aunque no ella, que tiene nueve, y en el décimo la satisfacción de su curiosidad), son para la persecución de un deseo.

Será Reina mi personaje, o será niña hambrienta o entenada favorecida, o mendiga o lo que les venga en gana, pero en realidad, sea lo que sea, no es sino una infeliz. Está a merced de una corriente que incluso ignora a su autora.

En la cuarta encarnación de su persona, Ana (la reina) también sueña. En sus sueños, se le acumulan los yoes que ha tenido, se suman por fin armónicos. Es aquí que por fin hace sentido, una persona de distintas caras. Así es como se torna en *La niña que caminó sobre el pan:*

Había una vez un leñador que vivía con su mujer en la orilla de un poblado miserable. Eran muy pobres, frente a la casucha en que vivían corría un riachuelo lodoso en el que sobrevolaban las moscas. Como el leñador y su mujer eran devotos y vivían en paz, sobresaliendo por sus virtudes del resto de los naturales, los Santos les regalaron una hija hermosa y llena de encanto. Era bella, pero era igualmente arrogante y de mal corazón. Despreciaba a sus padres por pobres y por su buena temperancia. Los llamaba con términos vergonzosos. Le divertía pisotear el mandil de su mamá.

—¡Qué vamos a hacerle! —decía su mamá— ¡Tiene toda la razón al despreciarnos: somos pobres, vivimos sobajados, nuestro único bien es la niña! Hoy me pisas el mandil, cuando seas grande me pisotearás la cara.

La niña jugaba con las moscas que volaban sobre el lodoso riachuelo, les quitaba las alas y se refocilaba viéndolas agonizar. A las más grandes las pinchaba con la aguja de coser de su mamá, prendiéndolas a las páginas de un libro y decía: "Esta mosca sí que sabe leer". Cuando su mamá quería enseñarle las letras, la niña se negaba, "Eso déjalo para las moscas".

La niña creció rápido, como la pobreza que la rodeaba y como su maldad. Atormentó a las dos gallinas del corral hasta matarlas, y escondió sus cadáveres para no darle a nadie el gusto de su guiso. La hambruna y la enfermedad llegaron a la región. La niña sintió hambre a diario, sus tripas parecían estarse comiendo a sus tripas. Los padres de la niña la enviaron al castillo del Conde con un conocido que trabajaba ahí. Apenas verla, tan hermosa y distinguida, los condes la tomaron para su servicio. La vistieron con rasos y sedas, sus vestidos hermosos y el calzado de lo mejor. Le arreglaron el cabello. Quedó como una damita, que bien servía para llevar y traerles cosas a las damas, o para animar las llegadas de las visitas. El Conde le tenía singular aprecio. Era muy dado a los placeres carnales y tenía premura por verla madurar y hacerla otra de sus amasias. Le hacía regalos y la halagaba, preparándola para el papel que haría. "Eres la más hermosa de todas", decía, sin guardarse sus intenciones, y la elogiaba sin medida porque el antojo que tenía por ella aún no se había saciado. La frase le salía muy convincente, la había ensayado infinidad de veces. Al Conde no le gustaban las niñas, pero en la carne de la niña despuntaba ya la mujer.

La Condesa, que nada quería más que satisfacer a su marido —sobre todo cuando había para ella alguna compensación— fingía tenerle aprecio. Ponía celo especial en vestirla y en mimarla. "¿Y si un día mi marido ya no la quiere para sí, a dónde podríamos enviarla?", "¿Y si tiene hijos?, yo no los querré aquí, los haré enviar con sus abuelos, donde responderán por ellos como si fueran sus propios hijos". Con estos pensamientos en mente, envió a la jovencita a visitar a sus papás.

La jovencita se vistió con sus mejores prendas. Quería provocar la admiración y la envidia de su "pobladucho". Quería humillarlos con su elegancia. Cuando el carro del Conde la dejó a la entrada del pueblo —era tan pobre y poca cosa que sus caminos no tenían el ancho que permitía su entrada—, vio a los niños jugando al lado del pozo, y a su mamá cargando en la espalda un ato de leña y llevando en las manos sucias raíces para su cocido. Sintió tanta vergüenza por tener una madre tan "sucia", "tan poca cosa", que se dio la media vuelta, con todo y los regalos. Subió al coche.

—¿Señorita…? —le preguntó asombrado el conductor, sin atreverse ni a pronunciar más palabras.

—Usted se queda estos regalitos, no le dice nada a nadie, y me regresa al palacio… pero tenemos que matar algo de tiempo para que nadie sospeche…

Se sentaron a la mesa de un hostal del camino, bebieron licor, hablaron de temas imprudentes. ¡Vaya niña precoz! El conductor del carro cantó, y la jovencita se burló de él.

Meses después, la Condesa quiso volverla a enviar a visitar a sus padres, con la misma preocupación en mente, y le dijo, hipócrita:

—¡Pobrecita!, tan lejos de los tuyos, ¿no los extrañas? Te han preparado para que les lleves de regalo un gran pan, una magnífica hogaza a la italiana. También hay una canasta con queso y lo que no me atreví a añadir fueron ostiones, porque no sé si puedan sobrevivir el paso del camino, y no queremos envenenarlos, sino festejarlos, ¿verdad?

La niña sólo pensaba en envenenarlos. Pero por no llevar la contra a la Condesa, con quien ansiosamente quería quedar bien, se vistió con sus mejores ropas, tomó los regalos y se subió al carro.

En el camino se desató una lluvia cerrada. El conductor siguió el camino, paró la lluvia y salió el sol. Resplandecía el cielo despejado cuando dejó a la joven en la entrada del pueblo.

Maldiciendo su suerte, se bajó del carro, cargando los regalos. Se levantó la falda para que no se le ensuciara de lodo. Los callejones estaban vacíos, la gente se había guardado en sus casuchas por la lluvia. Frente a la entrada de la cabaña de sus padres corría un riachuelo lodoso que la lluvia había crecido. El agua se había comido a las piedras que permitían cruzarlo. Para no ensuciarse los zapatos, puso el pan en el suelo y pisó sobre él. Con su peso, el pan se hundió en el lodo, formando un remolino que la succionó, más hondo. Pronto quedó la jovencita totalmente cubierta por el agua, y sin dejar de girar cayó aún más profundo, hasta tocar fondo.

En el fondo lodoso, una bruja fermentaba cerveza. El olor que salía de los barriles era inmundo. Nubes de moscas danzaban junto a las arañas. La jovencita se abrazó a su pan, pensando, "¿Pero es que yo he hecho algo mal queriendo conservar mis zapatos limpios?".

El tiempo pasó. Allá abajo, la jovencita escuchó lo que pensaban de ella su mamá y papá, y lo que decían sobre su persona los otros habitantes del pueblo. La despreciaban por arrogante, la creían tonta y nadie hablaba de su belleza. "¡Pensar que subida en un pan se mantendría a flote, eso sí que es ser tonta!".

La niña que caminó sobre el pan es el hazmerreír del pueblo. En el castillo del Conde, éste se había hecho de otra amasia a quien la Condesa finge cuidar, tramando su caída.

La Reina despertó de su sueño convencida de que nadie se acuerda de ella. Pocos días después de haber soñado con la niña del pan, nació su hijo, un varón. La Iluminada se presentó a las fiestas del bautismo. Cuando La Niña del Bosque se disponía a dormir, antes de que su dorado dedo encontrara su rutinario camino entre las sábanas y los muslos, la Iluminada se le apersonó.

—¿Abriste la puerta que te prohibí?

Iluminada brillaba con la misma luz de aquella habitación prohibida. La Reina negó con la cabeza.

—Piensa bien lo que me estás diciendo. ¿Qué te cuesta decirme la verdad? Si no eres honesta, perderás a tu hijo. ¿Qué, no quieres a tu hijo? Contéstame con la verdad: ¿abriste la puerta que te prohibí?

La Reina lo negó con la cabeza.

Iluminada desapareció, llevándose con ella al niño.

La Reina Madre y otras mujeres del palacio creyeron que la Reina se había comido a su propio hijo. Aconsejaron al Rey; debía castigar a su mujer, expulsarla del reino. Pero el Rey la amaba y no podría creer fuera caníbal. La Reina le escribió una larga carta confesándole todo. La Iluminada tornó a la tinta transparente, y lo único que vio el Rey fue un papel vacío. La reina le volvió a escribir: sus palabras aparecían a los ojos del rey como si hubieran sido trazadas en el agua.

La pareja fue bendecida con un segundo hijo, en este caso una niña. La reina retrasó por meses el bautismo, temiendo algo le ocurriera. Pero al cumplir el año, por deberes de Estado, tuvieron que celebrarlo. Iluminada se presentó, se mezcló con la multitud. Antes de que la Reina saliera hacia el banquete, se le apareció en la cámara real y le preguntó:

—¿Quieres a tu hija?

La Reina asintió en silencio.

—Dime la verdad: ¿abriste la habitación de Palacio?

La Niña del Bosque volvió a negarlo. Iluminada tomó a la niña en brazos y se esfumó en el aire.

Esta vez el poder del Rey no bastó para proteger a su esposa. La Reina fue llevada al cadalso. Caminó a éste descalza, desprovista de sus lujosas ropas.

La Iluminada se apareció como una sombra al final de las escaleras que la conducían a su muerte:

—¿Abriste la cerradura? —le preguntó—. Salva tu vida, arrepiéntete.

La Reina alzó su dedo índice dorado, y con la cabeza dijo que sí. La Iluminada encarnó a los ojos de todos, en cada brazo, a un hijo del rey. A la Reina no le hicieron el nudo al cuello. La cubrieron de nuevo con un manto real sin que ella soltara a sus reaparecidos hijos.

Los tres verdugos pasaron la tarde intentando atarle la soga al cuello a la Iluminada. Pero cada vez que creían que ya lo habían hecho, la cabeza estaba en otro lugar. Terminaron por ahorcarse el uno al otro, sólo quedó uno. Obedeciendo la luz que irradiaba esa mujer helada, el último de los verdugos amarró la cuerda a su propio cuello, y se ahorcó.

Al caer la noche, la Reina se asomó a la ventana. Sus dos niños dormían ya. El Rey atendía asuntos de gobierno. La Reina Madre tramaba. En la corte corrían rumores contrarios.

·Frente al palacio real se paseaba la Iluminada, seguida por los jóvenes de la ciudad, que con tambores y pitos bailaban festejando. Aquél hacía piruetas, el otro maromas, la de allá zapateaba y parecía cantar. Una ebria alegría recorría al grupo.

Como estaba sola, Ana, La Niña del Bosque, Cenicienta, la Reina hizo el intento de hablar. Primero salió un sonido carrasposo, pero la garganta se aclaró y produjo palabras que salieron como un torrente. Lo que acaban ustedes de leer fue lo que ella dijo.

Quinta parte
(San Petersburgo, junio de 1905)

39. Después de la lectura

Claudia llega a la última línea escrita de la novela de Ana. "Pero ¿así acaba?" El final no la deja satisfecha. Ojea la otra versión de la novela, para ver si la terminó diferente en su versión anterior. "¿Cómo?, ¡el otro manuscrito es totalmente distinto! No hay niña, ni Iluminada, ni reina, ni rey, ni madrastra, ni brujas, ni hadas. Es otro relato, completamente. Cuenta la historia del Negro de Pedro el Grande, es de aventuras, la leeré mañana."

Aún no amanece. A Claudia le espera un largo día, un día difícil. Con cuidado reacomoda el segundo manuscrito en la caja. Cuando está por cubrirlo con el volumen cosido y encuadernado, cae de éste una hoja suelta.

Es un papel muy diferente, de color ligeramente rosa, en el que aún se percibe el olor, "Un papel perfumado". Está escrito de arriba abajo, en letra más pequeña aún que la del segundo manuscrito, apretada caligrafía trazada por la Karenina con gran cuidado. Palabras como pintadas. Empieza diciendo: "Estrictamente personal. Para A.V.".

—¡Es una nota amorosa! —a Claudia le cambia el ritmo del corazón. Esto la emociona, le encantan las historias de amor—. ¿A.V.? ¡Es para Vronski! ¿Qué le dice? —Claudia lee en voz baja, en su natural tono dulce: —"Querido mío: contigo he aprendido algo inconfesable a lo que además me he vuelto adicta".

Deja de leer. Sin darse cuenta ha puesto la nota contra su pecho. Está emocionada. Huele otra vez el papel.

—¿De qué está hablando? ¿Responde a las palabras que manuscribió Vronski en la tarjeta doblada de visita? ¿Va a hablar del opio?

La emoción de Claudia es enorme —más todavía que las historias de amor, le fascinan las confidencias—. Con nerviosismo exacerbado por pasar la noche en blanco, regresar a leer lo que tanto quiere saber.

—¿Hablará del opio? ¡Debe ser el opio!

Tomando fuerzas de flaqueza, empieza a leer, también en voz baja:

"La primera vez que te conocí, en sentido bíblico, sentí vergüenza y lástima de mí misma. No únicamente por saberme adúltera; en sí el acto conyugal siempre me había desagradado. Nunca lo busqué con el papá de mi hijo. Con él sólo cumplía mi deber, cerraba los ojos, eso pasaba, como otros inevitables actos corporales. Como sudar bajo el abrigo. Pero contigo… Contigo me encontré con los ojos abiertos. Esa primera vez mi avidez no obtuvo compensación. Fue con los siguientes encuentros que he descubierto contigo, y de ti, lo que yo no sabía que existía: el placer, el gusto por el amor de dos cuerpos. Me abriste una ventana en mí misma que yo desconocía.

"Debo hablarte de esta ventana. Distinta que la de todo edificio, en lugar de abrirse al espacio exterior, se abre a mí. Sin esa ventana que tú al tocar me mostraste —y que me enseñaste a tocar en mí—, esa ventana que ve por el tacto (no por los ojos) (tú dices que sí, que los ojos te dan placer: mi mayor deleite me ha llegado con los párpados cerrados, mayor aún cuando en la noche no hay nada que irradie luz), yo desconocía un continente en mí misma. No es que sea yo otra: la diferencia es que ahora entiendo cuáles son mis márgenes. Comprendo en carne propia que mis límites no están aquí, donde está mi piel, sino en otro punto, mucho más lejano. Recorrerme es cruzar territorios extensos que..."

En una frase incompleta termina la letra apretada que Claudia *comprende*. "Nunca se habla de esto" —se dice, ahora en silencio— "¿es que el libro de Ana habla de esto también?... no lo sé, porque... Pero eso no está en la novela de Tolstoi, ella *también* lo desobedeció, como nosotros, ¿lo supo Tolstoi? ¿El libro que acabo de leer habla de esto?"

Claudia está demasiado cansada para articular con alguna claridad. Es muy inusual que no duerma profundo la noche entera. La oscuridad es total, pero en la calle ya hay movimiento. Los criados a su servicio barren, la afluencia de paseantes en Prospecto Nevski es grande, a diario retiran la basura de la calle frente a la fachada.

Guarda la nota de Ana adentro del manuscrito encuadernado. Lo acomoda propiamente en la caja de tela azul, diciéndose "Otro día leeré el primero, es el que el editor y escritor Vordkief juzgó muy bueno, el libro didáctico. No puede parecerse a éste. Nada". Cierra la caja. Anuda el lazo, intentando dejar los pliegues y el nudo como habían estado. Acomoda la tarjeta de presentación de Vronski en el mismo lugar de donde la sacó. Enciende la pequeña lámpara que bajó de su cuarto y apaga las del estudio.

Sube las escaleras hacia las habitaciones mucho más lentamente que de costumbre. El ánimo exaltado, "estoy como una loca cabrita", con mucho sueño, en lugar de entrar al propio traspone la puerta del de Sergio, "por ningún motivo me acuesto sola", donde él duerme profundo, está sonriendo, los cabellos revueltos parecen rizados, algo tiene del niño que fue, el que adoró Ana. Claudia se quita las zapatillas, apaga la pequeña lámpara, se mete a la cama, se acerca a Sergio y abraza con su cuerpo el de él. Sergio se da la media vuelta y, sin sentirla, continúa su dormir profundo. Claudia se reacomoda, y sin darse cuenta cae dormida.

Lo primero que encuentra Claudia en el sueño es una escena con tres mujeres, idéntica a una fotografía de la Condesa Tolstaya, Sonia (o Sofía), la esposa de Tolstoi, (ella es una de las tres modelos) finge espontaneidad —es el calculado lente y la impostada actriz— sentada al lado de su hija, con la que acaba de pelear ásperamente, y su sobrina, díscola de natural, las tres en una pose dulce.

En el sueño, como en la fotografía, entra luz por la ventana, una luz quemante que casi grita, como el ánimo escondido de las presentes; las figuras resisten el filo corrosivo de la luz que no altera la dulzura que la Tolstaya se ha propuesto proyectar.

¿Qué hace esta imagen en el sueño de Claudia? No se lo pregunta Claudia, sino "¿Por qué no estoy siempre aquí? Esto es lo mío, de aquí soy; quiero estar entre mujeres", y sin añadir más, se suma a las tres mujeres. Queda como ellas estática, pero, como en la fotografía de Sonia, se siente el movimiento; todo ahí es móvil, recogido, íntimo, cálido: es como un hogar acogedor, con su natural vértigo, el afán doméstico y el orden de la dulce batalla para conseguirlo.

Alguien diría que ahora son cuatro mujeres, pero Claudia no necesita el número aparte. Lo que quiere es estar entre ellas, ser parte de su mundo lo natural para Claudia es la atmósfera dulce que las tres Tolstoya fingieron cuando posaban.

En el sueño de Claudia, las mujeres son el reflejo de un espejo. El espejo está en la mano de una princesa en cautiverio, el mago Koschei El Inmortal la encerró en su castillo. La princesa pasa los días suspirando por su querido.

Las caras de las mujeres se disuelven en una sola, la de Claudia. El Inmortal se asoma a su espejo mágico, ve el mismo reflejo que su cautiva, y en la cara de Claudia reconoce a su hija.

—Mi hija Claudia, ¿qué hace en nuestro espejo?

En el reflejo, Sergio aparece al lado de Claudia. La princesa cautiva (que es Claudia) también ve su espejo, y dice "Es mi amado, con otra", y se echa a llorar. En el reflejo, Sergio da un beso a Claudia (la hija del Sin Muerte).

El Inmortal tiene miedo, porque su Muerte vive encerrada en las lágrimas de su hija Claudia. Qué hombre, El Inmortal, con dos cautivas —Muerte, la princesa—. En esta historia, Claudia no reconoce los ecos de la ópera de Rimsky Korsakov que ella vio en el teatro. Al son de la música de Rimsky Korsakov, su sueño se desmorona, convirtiéndose en varios que no podrá recordar por la mañana.

40. La trama

Clementine trama. Con ella, su querido Vladimir. El dolor por la pérdida le ha cambiado el signo, lo convirtió en perro faldero, y desde hace pocos días es rabioso lobo. Perro o lobo, en ningún caso con brújula —el ama guía al faldero, la furia ciega al segundo.

La cacería contra los disidentes es rabiosa y faldera, como las dos etapas de Vladimir, ataca sin cejar y desea la aprobación del Zar. No cede ni de noche ni de día. Ha decimado a la célula de cómplices de Clementine. Los más han muerto, ella es la única aún libre.

Vladimir no ha estado inactivo, y no porque Gapón le asigne envíos confidenciales o misiones delicadas. El Pope pasó de la clandestinidad en Rusia, al exilio —de la casa de Gorki, a la conversación con Lenin y Kropotkin—. Tampoco usa la ganzúa, en la que es muy hábil.

Clementine y Vladimir buscan cómo ejecutar un acto extremo que propicie la desaparición del Estado "en todas sus formas". Un contacto les pasa preciosa información: el automóvil del Príncipe Oblov donde suele desplazarse el Zar, recorrerá la ancha avenida Proyecto Nevski, tal y tal fecha, antes del medio día. ¿Por qué sin guardia ni protección? Porque irá en una misión especial, a recolectar un bien muy querido. "¿Una mujer?, ¿será posible?" El Zar no está para arriesgar el pellejo por un par u otro de piernas. Temeroso de ser víctima de asesinato —lo atormentaba esto desde hacía años—, tiene las suficientes luces para saber que éste es un momento extremo. Aquí se juega todo, el presente, el futuro, la herencia del pasado.

Pero es el automóvil que usa el Zar, y Clementine y Vladimir desean creer que el Zar irá en él. Les convenía pensarlo para poder hilar trama: es el momento idóneo para que ellos planten una bomba. Vladimir tiene el primer cabo de la idea: Clementine cruzará Proyecto Nevski exacto cuando esté por pasar el automóvil zarino, forzándolo a parar.

—Si no se detiene, corres por tu vida, y fracasa el plan.

—No sé cómo avanzan esos animales que comen kerosene y fascinan a los enemigos del pueblo.

—Son lo mismo que un coche de caballo, algo más rápidos y bastante más ruidosos.

—Pero a un caballo o a dos ya los conozco. A éstos, no.

—Obsérvalos desde hoy, nota su velocidad y cómo se comportan. Es el primer punto, luego…

Arrebatándose la palabra, entre los dos arman el plan: "Cuando veas el automóvil venir, cruzas la Nevski dándole la espalda al carro.

Detendrán la marcha, yo cruzo la avenida por su retaguardia y acomodo nuestra bomba en el parachoques trasero." "¡Que sirva de algo el gran invento parachoques!" "¿Pero cómo la sostenemos?" "¡Se resbalará!" "¡La colocamos adentro de un cojín!" "¿Un cojín?" "Sí, un mullido cojín, así se amolda donde lo pongamos, de relleno llevará el explosivo."

Sólo podía ocurrírsele a una costurera: plantar una bomba adentro de un cojín. "Un almohadón hermoso, bien cosido, que parezca regalo para el Zar." "Bordado llevará la palabra Padrecito." "Antes le habremos prendido la mecha, que saldrá por un ojal…" "¿Cómo vas a impedir que la mecha se apague al tocar el cojín?" "Por lo contrario: prenderá fuego, el cojín mismo servirá de pasto para las llamas." "El automóvil reiniciará la marcha, la bomba estallará pasos adelante. ¡Y adiós tirano!" "¡Liberaremos a Rusia!"

A los ojos de cualquiera con más sentido común, su idea era absurda, pero con el cojín relleno de una bomba en mente, y el plan de ensartarlo en el auto donde viajaría el Zar, Clementine y Vladimir pusieron manos a la obra.

41. Las cajas

El viento sopla constante en San Petersburgo, sólo duerme seis días del año. Y hoy es
uno de éstos: el viento reposa cuando el retrato
de Ana Karenina viajará hacia el Museo.

El Palacio de Invierno ha enviado la limousine Mercedes verde oscuro del Príncipe
Orlov a recoger la pieza nueva de la colección
imperial. Mijailov, el heredero del pintor (el
que está en las filas del servicio secreto policial), no quiere que la pintura pase desapercibida y ha tirado otros hilos, sabe que "esa cosa
de kerosene", como la llamaba el Zar, por ser
la predilecta del emperador, llamará la atención. Transportarán en motor el retrato de Ana
Karenina.

Mijailov es quien ha dejado caer la noticia del Mercedes recorriendo San Petersburgo,
alterándola o, si se prefiere, cargando las tintas.
"Algo precioso para el Zar viajará hoy en el automóvil del Príncipe Orlov...", difunde, planta
la información en varios círculos, y se la siembra
también a un periodista que siempre le da oídos, y que curioseará por la posible nota —sos-
pechando Mijailov que la pintura le importe un
bledo, aunque suela pasarle datos concretos para

prearmarle las líneas, se la ofrece llena de adornos sin soltarle precisiones.

Así que el periodista sale a cazar la nueva, siente desilusión cuando ve que en el volante no está el Príncipe Orlov, comprende que ni sombra del Zar, pero de cualquier manera le sigue los pasos por aquello de la cosa preciosa que transportaría, tal vez ahí habría qué sacar para su nota.

Los carpinteros del museo han hecho ex profeso una caja de madera a la medida exacta de la pintura. Contiene rieles interiores donde las orillas del marco quedarán sostenidas sin que la tela roce los tablones pulidos recubiertos de grueso fieltro.

La limousine se detiene frente a la casa de Sergio y Claudia Karenin. El cielo es azul. Se congregan inmediato alrededor del Mercedes los empleados del Museo Hermitage y de Palacio que esperaban ya su arribo. El servicio de los vecinos sale a curiosear, los paseantes detienen el paso; las cortinas de algunos ventanales esconden las miradas más discretas. El periodista observa la escena a cierta distancia.

La caja desciende. El chofer esperará frente a la entrada principal a que regrese con el lienzo embalado en ella. El periodista piensa: "¿Un regalo del Zar para los Karenin? Aquí no hay qué escribir, no de mi tipo", y se retira a buscarla a algún mejor lugar, esta vez le ha fallado su amigo Mijailov.

Giorgii bromea con uno de los lacayos del Palacio de Invierno —su hermana es un pimpollo, quiere congraciarse con él porque le ha puesto a la chica el ojo y confía así acercársele a la bella—. Pero el chofer de la limousine (sus problemas estomacales le han arruinado el ánimo) les agua el juego:

—Giorgii, ¿tú conocías a Aleksandra, verdad?

Aunque no viaje en el cielo una sola nubecilla, se cierne sobre ellos una sombra.

—Respóndeme, ¿la conocías, o no? Si sí, dime qué diantres hacía entre los revoltosos.

La nube que no existe, pero pende sobre sus cabezas, se vuelve más densa, más gris, más oscura, es de tormenta. Para el lacayo y para Giorgii, los manifestantes no eran "revoltosos". Para el lacayo, porque está convencido de que aquello empezó como una procesión religiosa, inocente fervor del pueblo. Para Giorgii, porque él sabía más, y porque simpatizaba con los manifestantes y ahora con los rebeldes —lo suficiente como para no dividir sus afectos entre ninguno de los bandos—. El malhumorado chofer del Mercedes insiste:

—Lo dijo el Zar, alguien con malas intenciones alborotó a los trabajadores, de eso no hay duda. Pero explíquenme, ¿qué hacía ahí Aleksandra? ¿Para qué fue a meter las narices donde...?

El lacayo lo interrumpe:

—Cállate. Ya sabes la historia, lo de su hermano... la has oído mil veces.

Pausa. El chofer de la limousine se escarba los dientes y en su poco ingenio, removiendo para encontrar qué decir. No hay viento, no hay palabras. Los caballos que pasan por Nevski pican el silencio con sus cascos, lo tronchan como a hielo.

Son estos cascos, de pronto desnudos del revestimiento de las voces, lo que despierta a Claudia. Desde la recámara de Sergio, no escucha a la caja entrar, o los pasos de sus portadores llevándola con cuidado, o la dificultad que tienen para girarla en el pasillo hacia el estudio. La cháchara de Giorgii (sonando sin parar desde que volvió tras dejar a Sergio en la estación del tren) le sirvió de arrullo. Ni siquiera la había despertado el sonar del motor a la llegada del Mercedes, acojinado por la voz de Giorgii.

Sergio no la despierta, salió temprano hacia Moscú a atender un asunto administrativo personal bastante enojoso, uno de los muchos hilos que ha dejado sueltos su tío Stiva (el príncipe Oblonski) y que le conciernen porque afectan a los intereses de la Karenina. A este específico (y engorroso), lo ha retomado justo hoy porque le sirve de pretexto para no estar en casa, no ha vuelto a ver el retrato de Ana Karenina desde aquella vez que se lo encontró frente a su casa y no tiene ninguna intención de hacerlo.

Contra su costumbre, Claudia se ha quedado dormida hasta esta hora. Le sorprende, además, encontrarse en la cama de Sergio. De pronto recuerda que la trajo aquí el manuscrito de Ana. Toma una decisión antes de saltar de la cama y, también contra sus hábitos, sin atender sus ropas, se sienta frente al secreter y escribe. Con cuidado traza una carta al Director del Hermitage:

"Estimado Ivan Vsevolozhsky: es nuestra decisión anexar a la entrega del retrato los libros…".

Aquí duda Claudia, "¿digo dos libros, o lo hago más confuso?", y se decide por dejar el singular, empieza otra vez:

"Estimado Ivan Vsevolozhsky: es nuestra decisión anexar a la entrega del retrato el libro que escribió Ana Karenina. Para ustedes será de máximo interés porque es también, a su manera, un retrato de ella. No pretenderíamos ninguna retribución monetaria. Lo que pedimos es que conserven el manuscrito en estricta reserva por cincuenta años, será entonces que los responsables de la colección del Zar decidirán si difundir su existencia y manera de publicación, si lo consideraran conveniente.

Usted recordará que, en su tiempo, voces autorizadas juzgaron al manuscrito de primera línea. Es de nuestro entender que la novela adjunta les da la razón".

Aquí Claudia se detiene otra vez. "¿Es apropiado?, ¿debo anotar algún comentario de la novela?" Decide no hacerlo, y continúa:

"La intención única que nos mueve a este gesto es dejarlo a buen resguardo y enriquecer la comprensión y estudio de la pintura de Mijailov que la acompaña. Si el Museo decide donarlo a otra institución, cuenta con nuestra autorización, la única condición es que respeten los cincuenta años de silencio. Reciba nuestra más alta consideración…".

Claudia estampa al pie la firma de Sergio, falseándola, y la propia, fingiéndola tímida. Después, escribe otra nota para el curador del museo:

"Querido Ernest, nos hemos guardado una donación para el último minuto. La estamos enviando con el lienzo. Se trata del libro de Ana Karenina. En realidad la caja azul contiene dos diferentes versiones, dos libros. Hemos pedido cincuenta años de silencio. Si por algún motivo se negasen a aceptar nuestra condición, es nuestro deseo tenerla de vuelta inmediato, sin mediar negociación."

Esta nota también va quesque firmada por los dos. Lleva una postdata:

"Mucho le agradecería no mencionar el tema a mi marido. Usted puede comprender lo difícil que es para él ceder las palabras (que son el alma misma) de su mamá".

Ésta la firma ella, sin fingimientos, una firma honesta, con su resolución característica.

Claudia toca la campana llamando al servicio. Auxiliada por la eficaz mucama está presentable en pocos minutos. Habla con el segundo secretario de su marido, Priteshko, confiándole a él ponga en manos de los enviados del museo sus dos correos y la caja azul.

—Señora, vinieron en coche de motor a recoger la pintura, el Mercedes del Príncipe Oblov.

—¿Mercedes?

—Es el nombre del automóvil... esa cosa de kerosene.

—¿Quién lo conduce? —lo primero que le pasa por la cabeza es la imagen del Príncipe Orlov, si Vlady está ahí ella debe salir a saludarlo; este Príncipe es uno de los más ricos y poderosos nobles, siempre al volante si va a bordo el Zar, por celo de su seguridad, lo ha tomado como un asunto de honor.

—Un chofer, señora.

42. Annie Karenina

La desazón de Annie por la entrega del retrato de Ana Karenina es muy grande. No recuerda a su mamá, aunque hace esfuerzos por obtener alguna imagen de ella en su memoria. Tiene bien grabadas a su nodriza y a Sergio, que era para ella la adoración de su infancia. La venta del retrato debiera no importarle, pero Annie la vive como la mayor traición de su hermano.

—¿Por qué?, ¿por qué me hace esto? ¿Y por qué me siento así…? ¡A mí que me importa! ¡Ni siquiera conocí a esa señora…! ¡Porque es mi mamá! ¿Por qué…? ¡A mí no debiera importarme!

Su ánimo es deplorable. Llama con la campanilla a Valeria para distraerse. No se atreve a salir —sabe que hoy es el día en que el retrato viajará, no tiene ninguna intención de encontrarse con el cortejo.

—Valeria, distráeme. Cuéntame de tu marido.

—Está en el submarino Potemkin, bajo el mar.

—¡Ya quisiera yo!

—No lo creo. Les dan carne agusanada, es repugnante.

—¿Y tú cómo lo sabes?

Valeria se ruboriza cuando contesta:

—Me envía mensajes el telegrafista.

—¡Ah! ¿Y esa cara, Valeria? ¿Él también es muy guapo?

—Como mi Matyushenko, ¡nadie! —¿Y por qué te escribe el telegrafista?

Valeria vuelve a ruborizarse.

—No se lo puedo decir, señora.

—¡Ale, ale!, a otra cosa. ¿Te enseño hoy otras palabras de francés?

Annie suspira. Ella sí quisiera estar en el fondo del mar. Repite tres palabras en francés, pero están las tres mal, incuerdas. No puede pensar Annie ni en una cosa ni en otra.

—¿Le parece bien, señora, si sacamos el bordado?

Valeria le pone enfrente el costurero con sus decenas de hilos de colores, sus botones, sus trocitos de encaje. La vista de Annie se echa a volar entre ellos. Los ojos se pierden, sin ver, distraídos. Annie piensa: "Yo quisiera ser otra, quisiera ser otra." Cruza por su cabeza un paisaje submarino, bosque de corales, cavernas, una perla inmensa, un cetáceo, un espeluznante pulpo… el contenido del costurero le da con qué armar un mundo para Verne.

43. El viento

El viento, pues, no sopla. A bordo del automóvil palaciego, Piotr lleva en el brazo izquierdo la caja azul y los correos, sostiene con la mano derecha la esquina del gran estuche que protege el retrato de Karenina. Lo sigue a una distancia de treinta pasos el coche de caballos de los Karenin que Giorgii conduce, viajan en éste el asistente del curador del Hermitage y el secretario personal de Sergio, Priteshko.

Piotr va cantando. Es la primera vez que viaja en coche de motor. Con la emoción inventa una letrilla que dice:

Con Ana, con Ana,
Con Ana Karenina,
volando, volando
a bordo del Mercedes.
Con Ana, con Ana...

En el Proyecto Nevski, una mujer con un vistoso vestido rosa de pesado terciopelo y encajes, cruza la avenida, obligando al malhumorado chofer del Mercedes a frenar en seco. A todo pulmón, el chofer le grita:

—¡Vaca malviviente!, ¿estás borracha?, ¿por qué cruzas sin mirar? ¡Un pelo y te arrollo! ¡Por eso son pobres, por imbéciles!

La mujer no se inmuta. Lleva en la cabeza un tocado de flores coloridas de tela, su hermoso cabello suelto. Avanza con lentitud, cruza la calle en una diagonal, forzando el ángulo.

—¡Bestia! ¡Quítate! —la increpa impaciente el chofer malhumoriento. El motor zumba, pero no avanza un centímetro— ¡Tómate tu tiempo!

Piotr no deja de cantar:

En un Mercedes voy que vuelo,
de mano de Ana Karenina…

Giorgii frena también en seco, guardando su distancia. Frente a él, dándole la espalda, un muchacho cruza la avenida, avanza en diagonal, como la mujer que sigue caminando remolonamente frente al Mercedes, pero él con paso decidido. Cuando está junto al automóvil del Príncipe Orlov, con una reverencia deja algo en el parachoques. Se detiene a un lado del vehículo, da dos pasos atrás y se inclina respetuoso.

Giorgii adelanta unos metros el coche para distinguir qué ha dejado el joven, de qué se trata. Es un almohadón bastante grande, bordado con la palabra "Padrecito".

—¡No tienen remedio! —piensa—, ¡aún creen en su padrecito! El Zar los condena a la miseria, los asesina a sangre fría y le dan a cambio tributos y regalos. ¡Imbéciles! ¡Aman a su tirano!

Sostiene bien las riendas. El motor del automóvil rugirá para avanzar en cualquier momento y no quiere se alteren los caballos. Se concentra en éstos.

Se escucha el canto de Piotr:

Voy que vuelo en el motor,
bailando con Ana Karenina…

La mujer finalmente permite el paso al Mercedes.

—¡Lenta! ¡Por eso eres pobre! —la insulta una vez más el chofer al avanzar.

Que duerma el viento no interesa a Giorgii, ni ocupa la atención de ninguno de los paseantes que recorren la Nevski, pero de no ser por su reposo, lo más probable es que el nuevo plan de Clementine y Vladimir hubiese fracasado. Gracias a la excepción, la chispa camina por la mecha trenzada por los dos anarquistas para la bomba que descansa revestida en el parachoques.

El Mercedes verde del Príncipe Orlov, adornado en su retaguardia con el almohadón vistoso, reinicia la marcha. El ruido del motor altera a los caballos, Giorgii tira de las riendas para calmarlos. Con el rabillo del ojo advierte que el muchacho que dejó el cojín echa a correr despegándose del automóvil en movimiento. "Extraño", se dice, "parece estar vestido como... ¿es Vladimir?". Delante de él —"¡Clementine!" dice Giorgii—, la mujer del vestido rosa también corre al mismo ritmo y en otra dirección que el automóvil.

La bomba estalla en ese instante. Los caballos del coche de los Karenin se encabritan, asustados por el estruendo. Giorgii batalla por controlarlos.

El atentado que voló el Mercedes cobró seis víctimas: el malhumorado chofer del Mercedes, Piotr (el lacayo cantor), la mujer que al cruzar la calle lo hiciera detenerse (Clementine), el muchacho que acomodó el almohadón en el parachoques (Vladimir) y las dos cajas que viajaban a bordo de la limousine, la recién fabricada de madera con el retrato de la Karenina, y la azul con su lazo de seda conteniendo el libro de Ana y otro manuscrito. El atentado hirió a once personas. Uno de los caballos del coche de los Karenin tuvo que ser sacrificado. Giorgii no se explica cómo a él no le pasó nada.

El vestido aquel cosido en París en el que la Karenina lució más hermosa que nunca una noche en el teatro, vuelto por la explosión sanguinolentos andrajos, fue lavado y reparado por las que un tiempo fueran compañeras de Clementine. Con él fue enterrada al lado de su querido Vladimir, a quien también le limpiaron y zurcieron aquel traje del que no tuvimos tiempo de contar su historia.

El libro de Ana de Carmen Boullosa
se terminó de imprimir en junio de 2016
en los talleres de
Litográfica Ingramex, S.A. de C.V.
Centeno 162-1, Col. Granjas Esmeralda, C.P. 09810, México D.F.